Ведьма Агафья
Вечная соната

Мария Рунич

Ведьма Агафья
Вечная соната

Мария Рунич

Published by:
JI Publishing
P.O. Box 14434
Tumwater, WA 98511

Email: contact@justicedenied.org

First edition, May 2024

Trade Paperback ISBN: 978-0-9855033-5-2

Printed in the U.S.A.
This book is printed on acid free paper

Оглавление

Ведьма Агафья

Глава I.
Таинственная ворожея

— Бабуля, привет! — весело воскликнула я, ступив на порог домика, который встретил меня ароматом свежей выпечки.

— Привет, Катюша! Не жарко ли было в дороге? — выбежала мне навстречу бабуля с прихваткой в руках. Её седые волосы были как всегда собраны в пучок.

— Да жарковато… И автобус был без кондиционера.

— А я ведь говорила, чтобы утренним рейсом ехала! Не пришлось бы по жаре маяться… Но ты ж спишь часов до девяти! А потом ещё часа три прихорашиваешься! — пробурчала с укором бабуля.

— Так-то оно так, но мне простительно. Я весь июль отсыпалась после первой летней сессии. А теперь задание по фольклору нужно выполнить.

— Небось, если б не это твоё задание, то сюда бы ни ногой, — обиженно промолвила бабуля.

— Ну зачем ты так? Ты же знаешь, как я тебя люблю, — сказала я, чмокнув бабулю в морщинистую щёку.

— Ой, ладно тебе! Начнётся вон то как всегда: клуб дряхлый — толком не потанцуешь, речка мелкая — не накупаешься, петухи горластые — по утрам не выспишься…

— Бабуль, ну не начинай, а?! Думаю, в этот раз мне скучно не будет. У меня же задание по фольклору, и я хочу собрать особенный материал. Не вот это вот всё, что из года в год сдают для отмазки, а нечто… неизбитое — такое, о чём ещё никто не писал. У нас же в Добрянке живёт Агафья, златовласая ворожея… К ней вместо аптеки вся деревня ходит за бальзамами, мазями и тому подобным. Как только я её увидела в детстве, она сразу показалась мне таинственной. Но заговорить я с ней никогда не решалась. Мне кажется, она строгая и нелюдимая. Обычно о таких, как она, все судачат. А я ни разу не слышала, чтобы о ней много говорили. Только какие-то факты: взяла у Агафьи мазь, взяла у неё то, взяла у неё сё — сыпь как рукой смело. А я вот подозреваю, что жизнь таких, как она, наверняка окутана всякими тайнами и легендами. Но я ничего подобного о ней не слышала. Может, ты расскажешь о ней что-нибудь необычное?

— Ишь, корреспондентша нашлась! Что-нибудь необычное ей подавай! В нашей деревне бабы могут кому угодно кости перемыть, но не Агафье. Она живёт тихо, никому дорогу не переходит, помогает… Да и чего её обсуждать? Не успеют камень в её огород кинуть, как сами на поклон к ней пойдут. Придётся!

“То есть её все боятся… И, похоже, бабуля моя тоже… Чем это она всех застращала?”, — пронеслось у меня в голове.

— А она замужем?

— А оно тебе надо? — отрезала бабуля.

— Ясно. И по чём же её травы да отвары? — спросила я, приправив вопрос ироничной интонацией.

— По чём-по чём! Да нипочём! — проворчала бабуля. — Даром отдаёт!

— А на что ж она живёт? — не унималась я, пытаясь вывести бабулю на разговор об Агафье.

— На что надо, на то и живёт! — цыкнула бабуля. — Да и люди благодарные её часто угощают: кто молочком, кто маслицем… Она же только курочек держит.

— То есть мясом и яйцами она и сама себя прокормить может? — продолжила я расспрос, схватив со стола спелое яблоко.

— Вот же пристала, как колючка огородная! Говорю же, нечего обсуждать! Ты мне Ганюшку не трогай, поняла? А то ух, я тебе… — рассердилась бабуля не на шутку.

Хрустнув яблоком, я пошла переодеваться в другую комнату.

Ганюшка, значит… Нет, дело здесь не просто в страхе. Того, кого боишься, так яро защищать не будешь. А бабуля за эту Агафью даже меня покусать готова. Ведьмами просто так не становятся, у каждой ведьмы есть своя тайна. И, судя по всему, Агафья — не общалась, только видела её несколько раз. Интересно, как она меня примет?

Поворот налево! Нужно не сбиться со счёта. Двор за двором, двор за двором… Одиннадцатый, двенадцатый… Тринадцатый, стало быть, её. Точно! Тот самый дом, окружённый садом. Каких у неё только нет цветов! Да и деревьев немало! Я приоткрыла калитку, дошла по тропинке до крыльца, поднялась по ступенькам с деревянными перилами. Оказалась на пороге вполне уютного домика из кирпича и дерева. Дверь была распахнута, на входе висела занавеска. Без стука я войти не решилась. Постучалась в открытую дверь. Забавно! Что же сейчас будет?!

Послышались шаги. Ведунья появилась на пороге. На ней было светло-синее длинное платье, слегка широкое в талии. Как по мне, так она выглядит довольно стильно для деревенской отшельницы и, можно сказать, совсем не изменилась с тех пор, как я её видела.

— Здравствуйте, Агафья! Меня зовут Катя. Мне нужно с вами поговорить.

— Здравствуйте! Проходите! — откликнулась хозяйка и провела меня в комнату, которая находилась в левой части дома. — Вы внучка Прасковьи Никитичны?

“И как она догадалась? — удивилась я. — Хотя что тут сложного?! Поди, вся деревня целую неделю только и говорила о том, что к Никитичне внучка приедет. Вот и до неё слухи долетели. Если учесть, что деревенские имеют обычай перекрикиваться через два-три двора, то нет ничего удивительного в её осведомлённости», — так я решила.

— Да-да, всё верно, — подтвердила я слова Агафьи. — Знаете, а я к вам по делу.

— Ну, рассказывайте, что вас привело.

— Хм… Как бы так объяснить… А можно на ты?

— Да можно и на ты!

— Я собираю народный фольклор. Мне известно, что в деревне тебя уважают. Ты ведь и в травах толк знаешь, и лечишь… Может, от тебя как от травницы я бы почерпнула нечто новое, — выговорила я с интонацией школьницы, хотя вообще-то я не из робкого десятка.

— Ты чай будешь с облепихой?

— С удовольствием!

Пока Агафья заваривала чай, мне удалось повнимательней рассмотреть комнату. Это была кухня. Надо признать, очень уютная. Светлая, просторная… Стены были облицованы деревянными планками. В углу красовалась настоящая русская печь. Заметила я и привычную мне плиту с конфорками. На этой плите стояли котелки, сошедшие прямо со страниц сказок. На полочках в шкафу было множество стеклянных банок с измельчённой травой, а также немало посуды с хохломской и гжельской росписью. На столешнице я увидела ступку с пестиком. Всё прямо по классике. Но чего-то не хватало!

— Агафья, я почему-то думала, что у травниц рабочее пространство обвешано всякими травяными скрутками…

— Это если у них такое рабочее помещение, где мало света. У меня же кухня светлая. Травы я сушу на чердаке. Там и вентиляция хорошая, и света мало — идеальные условия для сушки трав, — объяснила матёрая травница.

— А-а-а… Вот как! Что ж, буду знать…

Агафья подала чай с булочками. Немного отхлебнув облепихового чая, я заметила, что в комнату напротив открыта дверь и что посреди этой комнаты стоит стеллаж с большими куклами в народных костюмах.

Я почувствовала, что ещё чуть-чуть и от меня останется один пепел. Я ведь прямо сгорала от любопытства!

— Агафья, а что это за комната, что там за куклы? — спросила я с видом котёнка, который выпрашивает сало.

— Там моя гостиная и вторая мастерская по совместительству.

— Прошу тебя, можно посмотреть?

— Да пожалуйста! — дала добро Агафья.

Когда я вошла в её гостиную-мастерскую, мне почудилось, что я попала в царство кукол. Я не могла оторвать взгляд от фарфоровых кукол, разодетых в самые разные народные костюмы. Среди тех, что были в русских народных убранствах, я заметила немало героинь сказок: Алёнушку, Царевну-Лебедь, Настеньку, Марью Моревну, Бабу-Ягу… Рядом с русскими красавицами стояли и стройные горянки в платках, и нарядные тюркские кочевницы с раскосыми глазами, и даже алеутки.

— А я и не знала, что у алеуток такие красивые украшения из цветного бисера, чем-то напоминают очелья, только у них ещё и с диковинными кисточками.

— А ты знаешь, что алеутки — великие мастерицы. Они иглы делают из костей птиц, одежду шьют из тюленьей кожи или из кишок морских животных. А вышивают нитями из оленьего волоса — да так, что на изнаночной стороне не видно швов. Их одежда не только красивая, но и непромокаемая.

— Да? Никогда бы не подумала!

— А видишь, на фартуках русских кукол разная вышивка? — продолжила Агафья. — Это неспроста. На Руси по фартуку можно было много всего узнать. Например, семейное положение женщины или сколько у неё детей...

— Любопытно… Я знаю, что одежду русские женщины носили в три слоя, то есть на сорочку надевали понёву или сарафан, а затем ещё и фартук завязывали.

— Верно! — подтвердила Агафья. — Но по большим праздникам щеголяли в сарафанах без фартуков. Хотя в каждой губернии были свои традиции. По одежде можно было определить, кто из какой губернии прибыл.

— Знаешь, всё же обидно, что такой русский традиционный наряд, как сарафан, называют словом нерусского происхождения.

— Так раньше сарафан и не называли этим словом. Его называли то костычом, то штофником, то синяком…

— Ну кто бы ещё просветил филолога?! Ладно, как увижу ещё модницу в джинсовом сарафане, так ей сразу и скажу: “А что это у тебя за синяк?” Особенно весело будет филологиню подколоть.

— Заметь, и кокошники у кукол разные. Форма кокошника выдаёт место жительства. Например, однорогие кокошники носили в Костромской губернии, двурогие — в Нижегородской, а кокошники с сеткой, спадающей на лоб, носили чаще всего в Московской губернии.

— Слушай, я где-то читала, что кокошники носили по большим праздникам только замужние женщины. Причём они полностью скрывали волосы. А я смотрю, у тебя столько кукол в кокошниках и при этом с косами.

— В более поздние времена девицы на выданье тоже носили по праздникам кокошники, причём именно девицам разрешалось не полностью покрывать голову и выставлять напоказ косу. А ещё они носили венцы, обручи, очелья…, — объяснила Агафья.

— Какие тонкости! А откуда у тебя столько кукол?

— Я сама их делаю.

— Сама? Из фарфора?

— Да, разливаю фарфор по формам, обжигаю части туловища в печи, оттачиваю…

— Так вот для чего русская печь современной Бабе-Яге! Она там кукол запекает. А одёжку тоже сама шьёшь?

— Всё делаю сама. И одёжку, и украшения… Обернись! Позади тебя швейная машинка, прялка и шкаф, забитый клубками, нитями, тканями, бисером и прочим материалом.

— И где ж ты всему этому научилась?

— В художественной академии. Я там народные ремёсла изучала.

— Теперь всё понятно. Мы, можно сказать, коллеги. Я на филфаке тоже фольклорные дисциплины изучаю. Только мы всё былины читаем, старославянский учим… А ты не только теоретически подкована, но ещё и собственными руками шедевры создаёшь. Это ж сколько времени требуется, чтобы всех этих красавиц сварганить да нарядить их в шикарные убранства собственного изготовления. Теперь я, кажется, понимаю, почему ты крайне редко выходишь в люди. Куда уж тебе?

— Это ты ещё не видела, сколько кукол я сделала на заказ, скольких продала…

— Так ты кукол и на заказ делаешь? Ну конечно, тогда ты и правда можешь себе позволить даром раздавать мази с бальзамами.

— Травы я собираю весной и летом, тогда и делаю из них снадобья. А вот поздней осенью и зимой я целыми днями изготавливаю игрушки, иногда и посуду.

— Здорово это всё, конечно… Но о тебе должно узнать как можно больше людей! У тебя тут такой этноцентр, что диву даёшься!

— Так я много раз участвовала в разных этнических и кукольных выставках… Даже призовые места занимала.

— Да ладно! Я с трудом представляю тебя гуляющей по деревне, не то что за её пределами!

— А вот ты представь! Иногда я выбираюсь в города, в том числе очень большие. Я и сообщества в соцсетях веду. Вот обернись! В левом углу возле книжного шкафа примостился стеллаж с моими дипломами и другими наградами. Можешь ещё папку взять с полки, в ней собраны мои грамоты и сертификаты.

“Ничего себе затворница!” — подумала я, рассматривая награды Агафьи.

— Что сказать?! Впечатляет! Я и подумать не могла, что в Добрянке такая достопримечательность имеется, целая сокровищница…

— Катя, я сейчас поднимусь на чердак, возьму связку свежевысушенного шалфея для твоей бабушки… А ты пока что можешь и остальные работы посмотреть.

Пока Агафья ходила на чердак, я обратила внимание ещё на два стеллажа с куклами. На одном из них стояли расписные матрёшки, обережные куклы, шкатулки и всякие народные игрушки. На другом стеллаже в хронологическом порядке выстроились модницы девятнадцатого и двадцатого века. Эти куколки не такие большие, как те, что в народных костюмах, но не менее прекрасные. А какие на них наряды! Сама бы такие носила!

Возле стеллажа с матрёшками я заметила великолепный терем. До чего же тонкая работа! А рядом с этим теремом стояла кукла-невеста с фатой. Я подошла поближе, чтобы разглядеть лицо невесты, но Агафья вошла в комнату и протянула мне шалфейный букет:

— Передай бабушке!

— Да, спасибо, Агафья. А вон тот терем ты тоже сделала?

— Нет, это подарок.

“Наверное, кто-то из мастеров подарил ей во время одной из её вылазок…”, — предположила я мысленно.

— Знаешь, а невеста очень на тебя похожа! Златовласая, синеглазая и с тонкими чертами лица. Вот только щёчки у неё пополней. У тебя они немного впалые.

Агафья оставила этот мой комментарий без ответа. Повисла неловкая пауза. Я принялась повторно рассматривать кукол в народных костюмах.

— Слушай, Агафья! А вот эта кукла на меня, как близняшка, похожа. Тёмно-русые волосы, зелёные глаза, веснушки, пухлые капризные губы и даже чёлка… Знаешь, у меня раньше была длинная коса, но я её недавно обрезала. Надоело с волосами возиться, да и чего-то модного захотелось. Да, и вот ещё! На кукле красный сарафан, красный кокошник, вышитый золотым бисером, и алые бусы. Я обожаю красный цвет! Твоё счастье, что я девочка взрослая. Во всяком случае, считаюсь совершеннолетней и закатывать истерики уже как-то совсем неприлично. Иначе бы я такой дикий рёв устроила… И ревела бы до тех пор, пока не заполучила бы эту куклу!

— Рёв устраивать не нужно! Эта кукла тебя ждала. Она твоя.

— Что? — опешила я.

— Эта кукла твоя. Ты можешь её забрать, — спокойно повторила Агафья.

— Да ладно тебе! Я пошутила! Это же целое сокровище. Сколько она стоит?

— Я же сказала, что это подарок! — подчеркнула строгой интонацией Агафья.

— Да, сударыня, умеете вы удивить! Что мне остаётся?! Только покориться. Раз сама мастерица-ведунья говорит, что эта кукла моя, так тому и быть.

Агафья взяла куклу со стеллажа и молча вручила её мне.

— Спасибо тебе огромное! И за куклу, и за приём… Но теперь, боюсь, тебе это всё боком выйдет. Теперь ты от меня не отделаешься!

— Приходи, когда захочешь! — неожиданно предложила Агафья.

— Я завтра в 5 утра иду травы собирать. Можешь присоединиться, если проснёшься, конечно.

— Буду признательна, если возьмёшь меня с собой. Я так и знала, что не судьба мне вернуться после лета с дохленьким сообщеньицем, ведь в деревне у бабушки живёт легендарная травница. Но когда я выяснила, что эта травница ещё и художник-этнограф, теперь я готова написать целую монографию. Ладно, я бабушке обещала не задерживаться… До завтра, Агафья!

— До завтра! Шалфей не забудь!

— Да ни за что! Мне ведь нужны вещественные доказательства того, что я подружилась с таинственной травницей и что она подарила мне фирменную куклу.

Я шла домой и пыталась осознать всё, что сейчас произошло. Если бы мне кто-то сказал, что я вот так запросто подружусь с дикой Агафьей, и она подарит мне куклу, точь-в-точь похожую на меня, я бы не поверила. Я уже молчу про то, что наша деревенская ведьма — выпускница художественной академии и лауреат этнографических выставок. Чудеса да и только!

— Бабуля, я вернулась!

— Явилась, егоза! У кого ж ты была?

— Угадай с трёх раз!

— У Митьки, что ли?

— Да ну! Какой Митька! Ещё чего!

— А у кого ж тогда?! У Верки?

— Не-а!

— У Маруськи Рябухиной?

— И опять нет! У Агафьи я была, у Агафьи…

— Ты погляди! Она ещё и подшучивает над бабушкой!

— То есть шалфей я сама нарвала, а ещё и высушить его успела, так?

— сказала я, протягивая бабушке ароматный пучок, который я держала за спиной.

Пожалуй, впервые бабушка не нашла что сказать.

— А это я! — протянула я бабушке куклу.
— О, Бог ты мой! Агафьина работа?! — воскликнула бабушка.
— Ага! — ответила я, загадочно улыбаясь, и затем отправилась в комнату, напевая весёлый мотивчик.

“И это только первый день! Сколько чудес ещё впереди! Да… И одно из них — подъём в четыре утра…”, — подмигнула я своему отражению в зеркале.

Глава III.
Внезапная гроза и плачущая невеста

“Ну и зачем я подписалась на этот сбор трав?”, — промычала я, потягиваясь на кровати. Будильник на телефоне играл так, как будто выполнял команду “Играй, пока не разобьёшь Катюхе голову”.

Вроде замолк... Не-а, завопил на бис.

“Ладно! Больше никаких пяти минуточек... Надо вставать!” — отдала я приказ самой себе и решительно вскочила с кровати, сдобренной мягкой периной. Я направилась к умывальнику, по пути наткнувшись на бабулю, которая тоже нарушила свой распорядок. Обычно в это время она хлопочет в хлеву или в огороде. Но в этот раз она умышленно нашла, чем заняться на кухне. Ну конечно! Разве могла моя бабуля пропустить такой исторический момент, как подъём совы Екатерины в 4 утра?!

— Ну что, полуночница, до сколько вчера не ложилась?

Это, я так понимаю, вместо “доброго утра”. Хотя... всё нормально! Обычное утреннее приветствие сейчас бы звучало как сарказм.

— Лечь-то я легла! Но что толку? Всё равно до трёх не могла уснуть из-за жары. Бабуль, может, стоит кондиционер установить?

— А как же! Для полного счастья мне ещё этого чудища не хватало... Никогда его в хозяйстве не держала и не собираюсь! Жарко, говоришь, было? Так вышла бы во двор, набрала бы студёной воды из колодца и облилась бы с головы да ног. Иди умойся! А я тебе кашки свежей наварила, во рту тает... И запеканка сейчас уже подходит.

Я привела себя в порядок. Надела любимое красное платье ниже колена и совершенно довольная собой отправилась завтракать. Но как только бабуля увидела меня в этом наряде, то негодующе воскликнула:

— Ты куда это так вырядилась? Никак на конкурс манекенщиц?
— Ну да, я представляю Добрянку. Гордись!
— Ой, не ёрничай! Вы же с Агафьей в лес за травами идёте. Понимаешь, в лес?! Иди надень плотные брюки, хотя бы те свои джинсы, в которых приехала. А я тебе сейчас резиновые сапожки, косынку и перчатки подыщу.
— Бабуль, ну зачем?
— А затем! Травы нужно в удобной одежде собирать. Ещё бабушке спасибо скажешь!

Переодевшись, позавтракав и выслушав наставления бабули, я наконец-то отправилась к Агафье. Когда я свернула на улицу возле опушки леса, где жила наша травница, я увидела рассвет сладчайшего алого цвета. Пожалуй, стоило проснуться раньше петухов хотя бы ради такой прекрасной зари!

К саду Агафьи я подошла ровно в 5 утра. Она уже в полной экипировке ждала меня во дворе. Да уж, хорошо, что бабуля заставила меня переодеться, иначе бы я в том красном платье опростоволосилась.

Не успела я выжать из себя “Доброе утро”, как Агафья меня опередила:

— Ну здравствуй, Катя!
— Здравствуй, Агафья! Ну что, пойдём в лес?
— Пойдём. Но сначала инструктаж! — ответила Агафья тоном, не терпящим возражений.

Ей-богу, разжёвывала мне в течение получаса правила поведения в лесу так, как будто бы я — дитя малое. Хотя многое и правда стоило рассказать. Например, мне бы и в голову не пришло, что борщевик тот ещё зверь! Мало того, что он ядовит, так из-за него ещё можно получить серьёзные ожоги, которые дадут о себе знать спустя несколько часов.

После инструктажа каждая из нас взяла по две корзинки. Агафья водрузила на плечи рюкзак с необходимыми вещами, и мы отправились в путь.

— Солнце уже взошло… Ночь была жаркой, утро сухое и ясное. По такой погоде хорошо идти в лес за травами. Сегодня мы будем собирать иван-чай и клевер, — осведомила меня Агафья.

— Знаешь, не хотелось бы показаться невеждой, но как выглядят эти травы?

— Давай придём на поляну… Тогда я тебе всё расскажу и покажу.

Когда мы добрались до поляны, что уже вполне отдохнула от нашествия травниц, Агафья показала мне, как выглядят нужные нам растения.

— В наших краях растёт иван-чай узколистный. Вот он… Высокий, стройный, с узкими листиками и пурпурными соцветиями-кисточками. А вот и клевер… У него продолговатые белёсые лепесточки с розовой окантовкой.

Не теряя времени даром, мы приступили к сбору трав под убаюкивающую музыку леса. Поблизости пели птицы и стрекотали кузнечики… Лесные травы источали терпкий аромат, воздух был свежим и душистым — хоть бери нож и режь его на куски…

Больше всего на свете мне хотелось убежать вглубь зарослей и поспать там сколько душе угодно. Но нельзя! Мне было поручено срезать цветочки клевера и складывать их в свою корзинку. При этом мне было велено не складывать клевер плотно, чтобы его не помять. Мы управились за несколько часов. Затем пошли обратно. Удивительно, но работа в лесу меня в итоге взбодрила. И я избавилась от мучительного ощущения, напоминающего мне о том, что этой ночью я поспала всего один час. На обратном пути я болтала без умолку и засыпала Агафью вопросами:

— А почему иван-чай так назвали? Из этой травы, что ли, чай любили заваривать?

— Чай всегда любили заваривать из разных трав. Иван-чай так

назван в честь юноши, который любил бродить по цветочным полянам. Если вдруг кто-то среди зарослей замечал алый цвет, то говорил: "Иван, чай, в своей алой рубашке ходит…". Полагаю, тебе как филологу известно, что "чай" означает "наверное".

— Да, это мне, конечно, известно, — ответила я совершенно искренне.

— Так вот… Затем этот юноша исчез. Но по-прежнему, когда люди замечали нечто алое в траве, так и говорили: "Иван, чай, ходит-бродит…". Всё надеялись его встретить. Есть ещё несколько легенд. Одна связана со святым, который спас деревню, и на его могиле выросла трава с алыми цветами. А другая связана с иностранцами, которые окрестили русский травяной чай иван-чаем. Мол, русские у них с Иванами ассоциировались, потому и чай наш так прозвали.

— Ох, люблю я просвещаться! Да ещё и на занятиях в формате экскурсий!

За разговорами время пролетело незаметно. Мы вернулись раньше полудня. Я сходила домой пообедать и переодеться в то красное платье. Затем я вернулась к Агафье, чтобы перебрать и обработать травы перед сушкой. В то время, как мы перебирали растения, к Агафье пришло человек пять: кто за отваром, кто за мазью, кто за советом… И все как один, заметив меня, изумлялись: "Ой, Агафья помощницей обзавелась!"

Наверное, я и представить себе не могу, какую великую честь оказала мне местная ворожея тем, что позволила мне принять участие в сборе трав.

Когда мы подготовили травы для сушки, мы поднялись на чердак и разложили клевер тонким слоем на столиках, покрытых пергаментом. Часть иван-чая Агафья связала небольшими пучками и развесила.

К трём часам дня мы уже полностью управились.

— Вовремя мы успели травы собрать! — сказала Агафья, когда мы спускались с чердака. — Завтра в лес уже не ступишь. Сейчас гроза грянет и такой хлынет ливень, что до утра не прекратится.

— Да ты шутишь, что ли? В небе ни облачка, пекло жгучее, по прогнозу ни капельки…, — возразила я.

— Не успеешь весь сор травяной с себя смести, как набегут тучи и стеной польёт небывалый дождь. Тебе домой спешить надо, иначе не выберешься, — предупредила Агафья.

— То есть за мои труды мне и чаю не предложат?

— Чай-то я тебе налью. Но домой сегодня не попадёшь, если хоть немного у меня задержишься.

— А-а… Я поняла! Это просто такой способ от меня избавиться, — сказала я, хихикнув, но тут же заметила, что внезапно стало хмариться. — Ты хочешь вызвать дождь, чтобы меня поскорее выпроводить, ясно... Но я тебе докажу, что меня и магией не выгонишь. Я не уйду, пока не попью твой фирменный чай.

— Как знаешь, — ответила Агафья и подала мне мелиссовый чай с ежевичным пирогом.

Я вальяжно угощалась, даже не думая спешить. Но вдруг повеяло холодом, ветер заиграл в занавесках, на горизонте сверкнула молния и раздался гром! Дождь забарабанил по окнам так, как будто бы он бился не на жизнь, а на смерть за звание "Самый свирепый дождь на свете". Ведунья оказалась права.

Но к моему разочарованию, лимит разговоров у Агафьи на сегодня оказался исчерпан. Она ясно дала понять, что больше общаться не намерена. До позднего вечера Агафья сосредоточенно вышивала и почти не проронила ни слова.

Мне не осталось ничего другого, кроме как взять в её библиотеке книгу. Я выбрала собрание новелл Маргариты Наваррской "Гептамерон". Что интересно, герои в этой книге тоже оказались изолированными от остального мира. Но их компания состояла из десяти человек: пятерых мужчин и пяти женщин. Что ж это такое?! Значит, герои в книге беседуют, рассказывают друг другу увлекательные истории... А я тут в обществе Агафьи, к которой на козе не подъедешь. Хоть она и делает подарки как фея, характер у неё как у истинной ведьмы: жёсткий и несговорчивый.

Казалось бы, остаться на ночёвку у ведьмы — всё равно что попасть в сказку: наговоришься с ней о своём, о девичьем, погадаешь или обряд какой проведёшь… Куда уж там?! Даже с бабулей моей было бы веселее вечер коротать!

Права была Агафья, когда сказала, что домой мне нужно спешить! Подумать только, дождь не прекратится до утра… Мне ведь на самом деле придётся ночевать с этой ведьмой под одной крышей. От неё же что угодно можно ожидать! Это же не позёрша, не фокусница, не тарошница, а самая что ни на есть ведьма — дикая, таинственная и очень сильная… Она и внезапную грозу накликала… Может, она по ночам в трубу вылетает или в волчицу превращается… Хорошо, что сейчас хоть убывающая луна, а не полнолуние. Может, она и все мои мысли сейчас читает. Что ей стоит?

Устав от чтения и размышлений, я подошла к куклам, чтобы их рассмотреть. Хотелось бы их сфотографировать, но надо ж спросить, а лезть на рожон не хочется.

— Можешь сфотографировать кукол! — коротко произнесла Агафья, не отрываясь от вышивки.

“Ну вот! И правда читает мысли…”, — подтвердил догадки мой внутренний голос.

Рассмотрев кукол в пёстрых национальных костюмах, я подошла к резному терему, возле которого стояла кукла-невеста.

“Всё же они с Агафьей похожи как две капли воды! — подумала я про себя. — Вот только почему невеста одна? Почему нет жениха? И ещё! Она стоит возле терема, как будто бы ждёт суженого. Что же это значит?”

Настенные часы пробили девять часов. Агафья постелила мне на диване в гостиной. Сама удалилась в маленькую смежную комнату и задёрнула за собой занавеску. Там, видимо, находилась её спальня.

Изнурённая недосыпанием, ранним подъёмом, походом в лес за травами и всякими потрясениями, я быстро погрузилась в сон. Я долго спала под шум ливня, который без устали хлестал по окнам. Но вдруг раздался грозовой раскат. Затем послышался стук в дверь. Кого это принесло посреди ночи в такую-то погоду? Может, мне почудилось? Но в дверь постучали ещё раз. Настойчиво и зловеще…

“Агафья! — крикнула я испуганно, — Агафья, там кто-то стучит в дверь, открой!”

Но Агафья не отзывалась.

“Почему она молчит? Не в трубу же она в самом деле вылетела? — забеспокоилась я на полном серьёзе. — Как же быть? Этот стук невыносим, придётся похозяйничать.”

Укутавшись пледом, я прошла по тёмному коридору к порогу и открыла дверь. На крыльце стояла невеста. Та самая кукла-невеста, похожая на Агафью.

“Да ты же вся до нитки промокла! Что скажет Агафья?”

Я схватила куклу и пронесла её в комнату. К моему удивлению, она оказалась совершенно сухой. Я облегчённо вздохнула и решила поставить куклу на место. Но вдруг я ощутила, как мне на руки капает дождь. Но то был не дождь. То плакала кукла. Горько, безудержно, безутешно…

“Прекрати! Пожалуйста, прекрати! — уговаривала я невесту. — Ну хватит! Ну перестань! Ну сколько можно?! Это же невыносимо! Агафья, ну где же ты? Ну сделай что-нибудь!!!”

И вдруг я почувствовала, что чья-то рука прикоснулись к моему лбу.

— Катя, у тебя жар, — сказала Агафья.

Я открыла глаза. Возле меня стояла Агафья. Её светлые волосы как всегда были заплетены в косу, она была уже совершенно прибрана. Петухи ещё пели, но в комнате было уже совершенно светло. Дождя больше не было…

— А как кукла в свадебном наряде оказалась у тебя под одеялом? — спросила Агафья.

“Да твоя колдовская кукла чуть с ума меня не свела! Я её из-под дождя забрала. А теперь ещё должна отчитываться, почему она не на месте!” — сказать бы этой колдунье.

Но как бы это выглядело? Как ещё один симптом лихорадки? Да и надо признать, что Агафья задала вопрос не с упрёком, а с искренним удивлением и тревогой в голосе, потому я попыталась объяснить случившееся по-другому:

— Не знаю… Наверное, я бродила во сне!
— Похоже на то! Я проснулась с первым петухом, ты тогда ещё спала, но дверь была не запрета, хотя я всегда замыкаю её на ночь. Потом я пошла кормить курочек, почистила курятник, сделала ещё пару дел по хозяйству… Около семи часов вернулась в дом и услышала, как ты кричишь. Причём я тебя не могла разбудить. Наверное, ты переутомилась. Я завтракать сейчас собираюсь. Присоединишься?
— Спасибо, но нет. Я только умоюсь. И побегу к бабуле. Мне кажется, я не видела её уже сто лет.
— Как знаешь. Если тебе что-то понадобится, то я на кухне, — мягко сказала Агафья.

Быстро умывшись и одевшись, я поспешила домой. Боюсь, эта невеста на ночном пороге ещё долго будет мне мерещиться. Скорей бы дойти до дома, скорей бы увидеть бабулечку…

Глава IV.
Девичник и русая коса

Глазам своим не верю! Неужели я снова дома?! О, и бабулечка во дворе… Как же я по ней соскучилась всего за одну ночь!

— Бабулечка, доброе утро! Вот я и вернулась! — радостно объявила я, перепрыгивая лужу возле калитки.

— Доброе утро, Катюша! Что, засиделась вчера у Агафьи?

— Ну да… Но ты же получила от меня сообщение?

— Да получила я, получила… Вот только пришлось одной такой мрачный вечер коротать... Какой же неуёмный был ливень! Отродясь такого не видела.

— Ой, и не говори, бабуль! Жутко было… Мне кошмары ночью снились. Такой страшный сон про агафьину куклу-невесту увидела… И знаешь, всё как наяву было… Я даже не поняла, что это сон.

— Знаешь что! Давай в дом зайдём, там позавтракаем и поговорим.

— О, с превеликим удовольствием! Я голодная как целая стая волков.

Уплетая за столом свежие пышки, я рассказала бабуле свой сон во всех подробностях.

— Видишь, зря ты у Агафьи засиделась! Зря не послушалась… Домой нужно было идти…

— Бабуль, но ведь та кукла-невеста точь-в-точь похожа на Агафью! Может, всё же расскажешь, что у неё в жизни случилось?

— Да горе она пережила такое, какое и врагу не пожелаешь… Но тебе в её прошлом копаться незачем! Ты молоденькая, впечатлительная… Если тебя один сон напугал до смерти, то что бы с тобой было, если б ты узнала, что случилось наяву… Я ведь чего и о работе её не хотела распространяться — чтобы твой интерес к ней ещё больше не подогревать. Но куда там?! Ты всё равно суёшь нос, куда не следует. Оставь это! Я об Агафьюшке ничего дурного сказать не могу… Умница она, красавица… И сердце у неё золотое, хоть малость угрюма она с виду… Но не нужно тебе за ней по пятам ходить. И в душу к ней лезть не вздумай! Я лучше такую новость тебе расскажу, что не поверишь…

— И что же это за новость? — спросила я с неподдельным любопытством.

Бабуля бросила на меня лукавый взгляд заговорщицы.

— Ну бабуль, ну не томи…

— Так и быть! Но держись покрепче, чтоб не упасть… Надюша Захарцева замуж выходит!

— Да ты что?! Это наша Надюша, которую, считай, все кому не лень дразнили и колобком обзывали?

— Она самая! Но ты бы видела, как она похорошела — глаз не оторвать!

— Да я что-то и правда давно её не видела. Наверное, года два… Надя и в соцсети уже пару лет почти ничего не выкладывает.

— Ну она же в город уезжала. Там она в техникуме училась и работала. Вот недавно диплом получила, причём диплом у неё с отличием, — подчеркнула бабуля. — Теперь Надюша — дипломированный повар-кондитер.

— Надо же! Как время летит! А она ведь старше меня всего на год, но уже диплом у неё на руках и замуж она выходит.

— А знаешь за кого? За Григория из Заречного. Говорят, он видный парень, порядочный, работящий и в Надюше нашей души не чает.

— Чудеса да и только! А ведь в детстве с ней никто, кроме меня, Веры и Маруси, не дружил. Только мы её не чурались, не обижали и гуляли с ней вместе.

— Так вот, — продолжила бабуля рассказ, — они до последнего скрывали, что у Надюши скоро свадьба… Ну, чтобы не сглазить… Сама Зоя, мама Нади, поверить не могла, что у дочери её так жизнь сложилась. А вчера перед грозой, когда ты у Агафьи была, она к нам приходила. Пригласила тебя на девичник к двенадцати часам. Ты ешь, приводи себя в порядок и сходи к Надюше, отвлечёшься хоть…

— Конечно, пойду. Я так рада за Надю. Она всегда была очень доброй и заслуживает счастья.

— Ты, когда к Захарцевым пойдёшь, возьми мой нарядный платок…

— Ладно! Но зачем?

— Положено так. Увидишь зачем.

Около двенадцати часов я набросила на плечи пёстрый платок в русском народном стиле и отправилась к Наде. После вчерашнего ливня слегка похолодало. Так что бабушкин платок пришёлся кстати.

Надя жила недалеко от меня, поэтому я добралась очень быстро. Меня встретила тётя Зоя и вручила мне венок из полевых цветов. Каждая из подружек невесты надела венок на голову.

Я сердечно поздоровалась с Верой и Марусей, познакомилась с новыми подругами Нади, которые вместе с ней учились в техникуме и приехали её поддержать.

Затем к нам из дома вышла сама Надя. Я едва её узнала. Не передать словами, как она похорошела! Пожалуй, она по-прежнему была полноватой. Но теперь у неё была красивая полнота. Движения Нади стали плавными и уверенными. Нарядилась она в светло-розовое струящееся платье, которое прекрасно сочеталось с естественным румянцем на её округлом лице. Наверное, я впервые в жизни заметила, что у неё очень красивые зелёные глаза. Теперь они искрились от счастья изумрудным блеском. Но что меня больше всего удивило, так это то, что у неё выросла тугая русая коса по пояс. Причёску её дополнял венок из красно-белых роз.

Лёгкой походкой Надя подошла к нам и обняла каждую из нас. Все наперебой принялись засыпать её восторженными отзывами. Но бабушка Нади попросила припасти похвалу до чаепития.

Нас посадили за стол, который накрыли прямо во дворе. Чего на нём только не было! Борщ со свежей зеленью, густая сметана, картошечка с золотистой корочкой, селёдочка с маринованным луком, фаршированные грибы, салаты, курники, жареные и копчёные цеплята, вареники с творогом и вишнями... Целый предсвадебный пир!

Перед застольем Надя выступила с небольшим обращением:

— Знаете, на девичнике принято подавать каши и пироги. Но я, душечки, решила накормить вас как следует. Вдоволь угощайтесь и веселитесь от души!

Мы приступили к пиру. Затем и тётя Зоя, мама Нади, толкнула речь:

— Никогда бы не подумала, что у моей Нади будет столько подруг. Вообще-то я хотела пригласить всех девушек из деревни, чтобы все они увидели, какой у нас стала Надюша... Но дочери моя затея не понравилась. Мол, последний день девичества ей хочется провести в кругу добрых подруг.

Когда пришло время чая, тётя Зоя и бабушка Лида принесли чайник, чашки, пироги, плюшки и вазочки со всякими конфетами. Но угощения к чаю нам достались не просто так. Мы должны были говорить Наде душевные слова. За это нам выдавали сладости. Таков местный обычай!

Справиться с заданием было несложно! Глядя на преобразившуюся Надю, я говорила без умолку. Маруся и Вера тоже давно её не видели. Они, как и я, наговорили Наде добрых слов на все пять мешков конфет и на целый торт-небоскрёб.

Когда мы напились чаю со всякими угощениями, нам было предложено пройти в дом. В гостиной, где мы должны были продолжить девичник, по центру стояло кресло с бархатными подушками. Оно предназначалось для невесты. Надя должна была пройти к своему креслу по так называемому "шёлковому" пути, выложенному из наших платков. Когда невеста прошла к своему месту, каждая из нас забрала свой платок. Затем мы водили хороводы вокруг Нади и пели народные песни. После хороводов мы сели полукругом рядом с невестой на свои платки. Нам раздали слова и каждая из нас читала весёлые стишки. Мне, например, попался такой:

“В кругу преданных подружек
Песни спой и попляши,
Ты последний день без мужа —
Отрывайся от души.”

Затем мы наплясались под Надежду Кадышеву, спели что-то тематическое из репертуара “Мельницы” — “Невесту полоза” и “Рапунцель”.

Но вдруг Маруся решила разрядить обстановку:

— Не, девочки, так не пойдёт. На девичнике надо петь гру-у-у-стные песни, причитать, плакать… Считается, что перед свадьбой нужно в кругу подруг всю печаль выплеснуть, чтобы в замужестве не печалиться…

— Ой, Маруся, вечно ты за своё! Вот не можешь ты, чтоб хоть каплю горечи в мёд не добавить, — упрекнула бледную тёмноволосую подругу яркая рыжекудрая Вера. — Мы что, не можем пересмотреть традиции?

— Такие традиции не грех пересмотреть! — согласилась с Верой Ира, подруга Нади по техникуму. — Да и раньше девиц очень часто против воли замуж выдавали — за того, кто не люб… А Надюша наша за любимого замуж выходит… Так ведь?

— Да, — улыбнулась Надя. — Я всем сердцем люблю моего Гришу. Девочки, он такой хороший!

Но вдруг в комнату зашли две девушки, на вид постарше, чем мы.

— Так кого тут невеста любит всем сердцем? Моего братца Гришу? — спросила высокая улыбчивая девушка со светло-русыми волосами.
— Да нет! С чего ты взяла? — ответила Надя, смеясь.
— А кого же ты сейчас тогда нахваливала? — всплеснула руками сестра Гриши.

— Как знать… Может, принца заморского, который мне во сне однажды привиделся.

— Да зачем тебе принц заморский?! Наш Гриша лучше всех принцев, вместе взятых. Скажи, Наташа? — обратилась сестра Гриши к своей подруге.

— И правда, Даша! Ни в какое сравнение все эти принцы заморские с нашим Гришей не идут…

— А смотри, какие пряники тебе Гриша передал… Мягкие, расписные… Прими подарок от чистого сердца.

— И не подумаю! — ответила Надя, скрестив руки и насупившись. Мы все дружно засмеялись.

— Это что ж вы хотите, чтоб наша невеста за пряники вашему Грише "да" сказала? — вмешалась в разговор бойкая Вера.

— А разве этого мало? — спросила Даша, сестра Вани.

— А вы красавицу нашу видали? Неужто одних пряников достаточно?!

— Ладно, ваша правда… Наташа, давай сюда шкатулку… Здесь и серьги, и бусы, и платок павлопосадский.

— Нет, — отрезала невеста.

— Да что ж тебе надобно, Надя?! — воскликнула Даша.

— Вот если б он мне серенаду посвятил, тогда бы я ещё подумала…

— Серенаду, говоришь? Ладно, будет тебе серенада…

И тут девушки включили на телефоне песню "Я назову тебя зоренькой", которую Гриша спел специально для Нади. Аккомпанировал ему друг-баянист. Раздались аплодисменты. Невеста сияла от счастья, как самоцвет.

— Ну что, Надежда? Смеем ли мы надеяться, что теперь ты примешь подарки от Григория?

Не успела Надя ответить, как в комнату ворвалась странная троица во главе с крашеной брюнеткой, которая одета была весьма вызывающе: в шорты-рейтузы и коротюсенький топик… В ушах у неё висели огромные кольца, в пупке тоже торчало кольцо.

— Аааа… Вот она! Нос тут воротит! Давай расскажи всем, как Гришу приворожила! У вас же тут ведьма живёт, она вам задарма приворотное зелье раздаёт… То-то вы наших зареченских парней себе прихапываете!

— Никогда я никого не привораживала, и никакое приворотное зелье мне никто не давал, — отчеканила Надя.

— Сказки не рассказывай! Ты себя в зеркало видела? Кто на такую толстую жабу, как ты, клюнет?! Тебя же в родной деревне все дразнили. Даже девки с тобой дружить не хотели. Кому ты вообще нужна?

Услышав крик зареченской грубиянки, в комнату пришли мама и бабушка Нади. Все были крайне удивлены.

— Девчонки, объясните, что происходит, — спохватилась Вера. — Это часть игры или что?

— Если бы! — тяжело вздохнула сестра Гриши. — Надюша, ты её не слушай! Эта Уля ненормальная! Она со школьной скамьи за Гришей бегает… Да и не только за ним! Вот она как раз и ходила по местным бабкам, пыталась парней приворожить, семечки им подсовывала, только без толку… Никогда эта склочница брату моему не нравилась. А чем Надюша Гришу очаровала — это всем известно. У нас в Заречном ваша родственница живёт, правильно?

— Да, моя сестра двоюродная, — подтвердила бабушка Нади.

— Ну так вот, — продолжила Даша, — прошлой зимой Гриша приходил к ней, чтобы помочь по хозяйству. Старушка ведь одна живёт. И вот однажды решила она угостить Гришу пирожками. Как попробовал Гриша те пирожки, так не мог от них оторваться и спросил, кто же такие вкусные пирожки печёт. Ну и баба Аня не скрыла, что пирожки эти испекла внучка её двоюродной сестры — той, что из Добрянки. И решил Гриша во что бы то ни стало найти Надюшу. Домой к ней пошёл, но дома её не застал. Тогда за ней в город поехал. И как увидел девушку с косой русой — так и замер. Ну а когда узнал, какая у Нади добрая душа, решил немедленно просить её руки и сердца.

— Так вот оно что… Пирожки, значит, были колдовскими. Давай

признавайся, что за рецепт тебе ведьма дала!

— Но почему же ведьма?! — одёрнула её сестра Гриши. — Надя ведь у нас повар-кондитер. Кулинарным хитростям в техникуме научилась. А тебе, милая моя, вместо того, чтобы напраслину на девушку возводить, самой чему-нибудь стоит поучиться. А то ничего не умеешь — только за парнями бегаешь, скандалишь да посёлок наш позоришь!

— Ой, да вы просто рады, что Гриша на этой замухрышке женится. Вы бы такую красивую невестку, как я, рядом не потерпели!

Даша рассмеялась. А я не удержалась от замечания:

— Красивыми считают тех людей, от которых глаз оторвать невозможно, на которых смотришь и не налюбуешься, так ведь? А разве можно любоваться человеком, если его вульгарные манеры вызывают отвращение? Если девушка в вызывающем виде врывается в чужой дом, ведёт себя крайне неуважительно, опускается до клеветы, унижает себя разборками из-за парня, то язык не повернётся назвать её красивой, даже если её внешние данные и соответствуют какому-то эталону. К тому же в разных кругах, на самом деле, разные представления о красоте. Кому-то нравится проколотый пупок с кольцом, а кому-то — коса, румяные щёки и лучистые глаза.

— Слушай, а это не Катька городская, которую Митька на Тоньку променял? — спросила девица из Улькиной компании.

— Она самая… А платье на ней, смотри, какое! Можно подумать, из бабушкиного сундука взяла. А ещё и городская! Слышь, кто ж тебя такую допотопную полюбит? — усмехнулась Улька.

— Как это кто?! — удивилась я. — Археологи, например! А ещё музейщики с антикварщиками до безумия влюбятся, если только увидят меня, облачённую в бабушкино наследие. В общем, без внимания не останусь. Правда Митька, добрянский денди, взял и променял меня на светскую львицу из самого Зареченского… Что-то и зелье местной ведьмы его не удержало! Вот видите, не только добрянские девушки уводят зареченских парней, но и зареченские — добрянских. Так что никаких претензий!

— Ой, не умничай, овца! — наехала на меня Улька.

— Всё! Хватит! — внезапно вмешалась Надя. — Я не позволю,

чтобы вы оскорбляли моих подруг. Сейчас же покиньте мой дом!

— Да больно нужен нам твой дом! — цыкнула сквозь зубы Улька и тут же удалилась со своей бандой.

Как только прошёл всеобщий шок, девчонки принялись нахваливать Надю за то, что та смогла дать достойный отпор и что незваные гостьи ушли из её дома почти беспрекословно. Я тоже выразила Наде своё восхищение. Но я не сказала всё, что думала:

"Да, Надя очень сильно изменилась! И не только внешне. Раньше она никогда не могла за себя постоять… А теперь сама выставила этих трёх гадин за порог, в то время как её мама и бабушка только хлопали глазами. Если бы эти финтифлюшки учинили хоть каплю подобного представления перед моей бабулей, они бы у неё кубарем катились до самого Заречного, если бы, конечно, с моста в воду не плюхнулись. А мама и бабушка Нади просто молчали, даже не пытаясь хоть как-то уладить ситуацию… Я не хочу осуждать родных своей подруги, но ведь эти девицы пришли в их дом и оскорбляли Надю… Да эти мерзавки вообще могли быть опасны, в конце концов… Как можно молча терпеть, когда так унижают близкого человека?"

Надя, окружённая всеобщим вниманием, внезапно растрогалась до слёз.

— Знаете, девочки, а я ведь и правда обращалась к Агафье, — призналась она. — Но зелье я у неё не просила. Да и не варит она никакого приворотного зелья. Дело было так… Перед поступлением в техникум я пришла к ней за советом. Мол, надоело мне, что надо мной издеваются, что я такая несчастная… Так вот Агафья сказала, что косу мне нужно отращивать. Но ведь мама мне всегда волосы коротко стригла. Говорила, что у женщин в нашем роду волосы негожие и никогда из моих волос коса не выйдет… Но Агафья настояла на том, чтобы я волосы стала отращивать. И ещё посоветовала, чтобы впредь мне никто из родственниц волосы не стриг. Вдобавок она дала мне крапиву, ромашку, мяту, шалфей, чертополох, ноготки, одуванчики и кору дуба, чтобы я бальзам варила и им волосы полоскала. Целый год по три раза в неделю я усердно полоскала отваром волосы. И что вы думаете? Мои волосы стали стремительно расти! И ещё, не обижайтесь, но Агафья сказала, чтобы я до поры до времени никому не рассказывала, чем волосы полощу и чтобы фотографии свои нигде не выкладывала, пока у меня всё в жизни не сложится… Предсказала, что я встречу человека, который меня полюбит. Но я не должна была никому о нём рассказывать до самого девичника. И ещё Агафья прямо велела, чтобы на девичник я пригласила только самых добрых подруг. Я всем её советам последовала. Знаете, со мной столько всего хорошего случилось, когда я начала бальзамы из трав Агафьи варить… Я стала учиться на отлично, нашла хорошую работу, у меня появились новые подруги, потом я познакомилась с Гришей… Я и представить себе не могла, что со мной может случиться столько всего хорошего…

— Но это же всё замечательно! Почему ты плачешь? — спросила одна из подруг Нади по техникуму.

— Да уж понятно почему… Это всё из-за Мар-р-руси! — рыкнула Вера. — Это она ведь решила, что мы как-то чересчур весело девичник проводим… Мол, что за девичник без слёз?! Непорядок! Вот и пожалуйста — принесло этих грымз на нашу голову!

— Ты зря, Верочка, на меня сердишься. Со слезами теперь точно ушло всё плохое из жизни Нади, — продолжала настаивать на своём Маруся.

— Дай Бог, чтобы всё плохое и правда осталось позади, — сказала сестра Гриши. — И вы уж простите, девочки, за этих позорниц из нашего посёлка. Так за них неудобно…

— Да ничего страшного, — откликнулась Вера, — мы с Григория завтра втридорога на выкупе возьмём. Пусть теперь за моральный ущерб по полной раскошелится!

— Ничего! Мы готовы! — невозмутимо парировала Даша. — Однако нам пора. Скоро солнце садится. А нам ещё на велосипедах домой добираться...

— Ну уж нет! Сначала мы выпьем по чашечке чая, а потом уж мы вас проводим, — предложила Надя. — Мы как раз собирались на закате к речке пойти, чтобы девочки венки в воду пустили.

— Что ж, уговорила! — согласилась Даша.

После чаепития мы пошли к реке. Вечер был на редкость приятным. Дул тёплый ветерок, разносился аромат цветов, речка струилась на закате розовой лентой с золотистым отливом.

Мы пустили свои венки в реку, и они поплыли навстречу своей судьбе. Во всяком случае, так нам хотелось верить.

Распрощавшись с девчатами, мы отправились в баню. После купания мы высушили волосы и привели себя в полный порядок.

Вере было поручено заплести невесте косу, которую по утру нужно было расплести. Пока Вера заплетала Наде косу, мы зажигали свечи. Затем все вместе танцевали, водили хоровод вокруг Нади и пели песню Ольги Братчиной — “Девичью молитву”. Это мой первый девичник и он запомнится мне навсегда.

“Каким волшебным образом коса может изменить девушку и всю её жизнь! Это не только красота, это и сила. Что ж, начну заново отращивать себе косу! И будет у меня коса ниже пояса, как у той куклы, которую подарила мне Агафья”, — рассуждала я, возвращаясь с девичника.

Глава V.
Оживший зуб и шумная свадьба

— Хороша! Что сказать?! Хороша! — восхищались мы Надей наперебой, глядя на неё в белом свадебном платье с пышными рукавами по локоть, целомудренным вырезом-лодочкой и длинным гипюровым подолом.

— Осталось только фату надеть, да? — спросила Надя.

— Нет-нет! Ещё серьги! — сказала тётя Зоя, мама Нади, и поднесла коробочку с жемчужными серьгами.

— Даже не вздумай, Зоюшка! — вмешалась бабуля. — Нельзя, чтобы невеста носила жемчуг в день свадьбы. Это же к слезам!

— И то правда, — согласилась тётя Зоя.

— Лучше взять те, что из белого бисера. И пусть Светлана их наденет. Она у нас замужняя и в браке счастлива, — распорядилась бабуля.

Тётя Света надела Наде серьги из белого бисера, а затем и фату.

— Ну вот! Почти всё готово! Вот только Верочки до сих пор нет, — с ноткой тревоги сказала Надя. — Она ещё в восемь утра прислала сообщение, что не придёт меня наряжать, потому что ей нужно было по срочным делам уехать. Но она уверяла, что успеет.

— И что ж это у неё за дела вдруг наметились в такой-то день? — возмутилась бабуля. — Эту ж рыжую бестию дружкой назначили! А она бог весть где бродит.

— Ага! А ещё втридорога собралась сегодня на выкупе с жениха взять! — заметила Маруся.

— Так, может, она того… — вступила я в диалог.

— Что того? — удивилась бабуля.

— Ну, может, она под шумок уже и провела выкуп. Вытрясла целый миллион, с ним и сбежала, — решила я разрядить обстановку.

— Тебе всё бы шутить! — проворчала бабуля. — А если и впрямь не явится?! Уже двенадцатый час. Скоро жених придёт, —

встревожилась бабушка Нади.

— Ну и ничего! — отрезала моя бабуля. — Вон сколько ещё подружек! Целый цветник! Все в народных сарафанах с вышивкой, у каждой ленты в волосах… Катюша моя тоже бойкая, за словом в карман не полезет… Пусть она будет дружкой!

— Ну уж нет, бабуль… Я понятия не имею, как проводить выкуп. А вот Вера на этом не то что собаку — целого слона умяла.

— Ну а ты и без всяких слонов бы справилась! — настаивала на своём бабуля, явно загоревшись идеей сделать меня дружкой.

— Ладно уж, если дружка не явится… Вот если жених не придёт…, — подняла панику тётя Зоя.

— Да типун тебе на язык, — вспыхнула бабуля. — Гони такие мысли прочь!

— А вот и я! — воскликнула Вера, внезапно появившись на пороге Надиной комнаты.

— Вот и где же ты шастала, а? Мы тебя уже заменить решили, — набросилась на Веру бабуля.

— Да-да, — подтвердила я. — Бабуля выдвинула мою кандидатуру. Мол, птичка улетела — место и сгорело.

— Ничего ещё не сгорело — я вовремя успела! — возразила Вера.

— Я вам сейчас такое расскажу, что ахнете!

— А-а! Ну как всегда! Все люди как люди, а эта с приключениями, — хмыкнула бабуля.

— Ну так вот, — начала Вера, — ещё неделю назад у меня откололся крошечный кусочек от переднего зуба. Почти незаметно, но всё же досадно. Я позвонила в районную поликлинику, чтобы записаться на приём, но мне сказали, что стоматолог в отпуске и будет через две недели. А вчера у меня внезапно ещё один зуб разболелся. Вот какая бы из меня вышла дружка с ноющим зубом? Я взяла и на ночь глядя после девичника пошла к Агафье, чтобы она дала мне успокоительный отвар, который бы хоть на время снял боль. А то как я должна свадьбу отплясать? Ну дала она мне что-то из мяты и ромашки… Я выпила, полегчало… А утром мне знакомая медсестра пишет, что стоматолог приехал, что он может принять меня в десять утра. Ну так я и помчалась в райцентр на всех парах. Разумеется, разнывшийся зуб доктор полечил. Но вот что интересно!

Я попросила его и передний мёртвый зуб с отломанным кусочком запломбировать. Ага! Стал он его пломбировать, а больно так — жуть. Пришлось анестезию вводить. Оказывается, тот мой передний зуб с удалённым нервом на самом деле живой. Невероятно, но факт! В этом зубе есть нерв! Мы вчера удивлялись, какая косища у Нади за два года выросла. Но о волосах-то как говорят? Не зубы — вырастут! А у меня зуб, понимаете, зуб за одну ночь ожил! Не чудо ли это?! Зубы ведь не заговаривают!

— Ну да, — подтвердила я, — говорят же, хватит мне зубы заговаривать, когда кто-то явно обманывает. Издревле считалась, что вылечить можно что угодно, но не зубы.

— Ух ты ж! — всплеснула руками бабуля. — Надо бы и мне у Агафьи что-нибудь для зубов попросить. Авось и оживёт какой! Может, и новый, как у младенца, прорежется.

— А ты что, прям так и ходила в сарафане?! — спросила Маруся.

— Ну да! — удивлённо ответила Вера. — Я только нарядилась, и тут мне сообщение пришло.

— В общем, нечто подобное вполне могло случиться с такой сорвиголовой, как наша Верочка, — сделала Надя вывод. — Она у нас запросто может с корабля на бал перескочить.

— Да ладно! В этой истории главная героиня не я, а наша ведунья, которая нам ещё и наряды подсуетила. Как она только угадала с размерами?

Но после истории про оживший зуб уже никто ничему не удивлялся. До прихода жениха у нас оставалось ещё полчаса. Мы пели песни в комнате Нади, а мужчины во дворе забаррикадировали вход бревном.

В двенадцать часов послышалась гармошка. Родственники и гости Нади во главе с Верой вышли во двор.

Дружка встретила жениха Гришу и его свиту шутками-прибаутками в стихотворной форме. Чтобы встретиться с невестой, жениху предстояло пройти много испытаний.

В первую очередь, Грише пришлось разрубить бревнище, которое перегораживало вход во двор. Затем ему пришлось проехать по двору на велосипеде между кеглями и другими предметами. Если Гриша задевал какую-нибудь вещь велосипедом, ему приходилось платить штраф.

Как только испытание с велосипедом осталось позади, к нему на встречу выбежали детишки. Одна из девочек попросила его заплести косички. Она осталась не очень довольна результатом, потому Грише пришлось расщедриться. Две другие девочки натянули резиночку и заставили Гришу через неё перепрыгивать, приговаривая: "НА-ДЯ! ЗА-ХАР-ЦЕ-ВА". Гриша был явно неопытным игроком в резиночки, поэтому он ни раз зацепился и ни раз ему пришлось платить за промахи. Затем пухлощёкий мальчуган велел Грише исполнить песню. Что ж, Гриша затянул куплет из "Коробейников":

"Ой, полным полна моя коробушка,
Есть и ситец, и парча…"

Затем полилась гармонь, и вся родня Гриши подхватила песню:

"Пожалей, душа моя, зазнобушка,
Молодецкого плеча…"

Кто-то пел, кто-то плясал, кто-то раздавал сладости детворе — началось предсвадебное веселье.

После исполнения песни Грише предстояло пройти ещё одно испытание.

— А отдадут ли тебе, Григорий, невесту её подруги? — бросила Вера вопрос с вызовом.

В этот момент вышла Надя, окружённая нами, подругами. Мы все вместе встали в хоровод вокруг невесты. Каждая из подруг задавала жениху вопрос назасыпку, связанный с Надей. Если жених отвечал на вопрос подруги правильно, то она выходила из круга, который сужался. Последний вопрос задала жениху Вера. Но и с её вопросом Гриша справился на ура. Однако Вера не унималась:

— У тебя, Григорий, поклонниц пруд пруди, как выяснилось. Вчера Надюшу нашу из-за тебя чуть не побили! Как мы можем знать, что отдавать тебе Надюшу небезопасно?!

— Так мы в городе будем жить! — ответил Гриша.

— Ну так и в городе своя свора вокруг тебя соберётся! Ты-то парень видный! Стройный, статный, густые русые волосы, синие глаза...

— Ну так и невеста моя раскрасавица с русой косой, чарующими зелёными глазами, обворожительной улыбкой... И вокруг неё свора поклонников соберётся!

— То есть Надина свора тебя будет бить, а твоя свора — Надю?

— А мы её свору с моей переженим, и никто не подерётся! — отпарировал Гриша.

Раздались аплодисменты, смех, гармонь...

— А ты, смотрю я, вовсе не промах! Так и быть, — воскликнула Вера, — отдадим тебе невесту!

Под песни и пляски мы расселись по машинам и автобусам, затем отправились в в районный ЗАГС. Гармонист поехал в автобусе вместе с нами. Бабуля моя плясала прямо в автобусе с родственниками жениха и невесты. Но мне пришлось оторвать её от веселья.

— Слушай, бабуль, тебе не кажется, что мы как-то всё время петляем, — высказала я своё удивление.

— Ну да, петляем... Но так это ж для того, чтобы вся нечистая сила по пути отстала и по пятам за молодыми не ходила, — объяснила бабуля.

— Жаль, что жестяными банками транспорт не обвесили. Они бы грохотали и тогда бы точно всю нечистую силу распугали, — вставила Маруся свои пять копеек.

— Да, а ещё тогда бы точно молодым не пришлось ломать голову, на что бы потратить подаренные на свадьбу деньги... Весь навар пошёл бы на покраску машин, — добавила я.

В ЗАГСе гости также нашумели от души. После регистрации мы заглянули в парк аттракционов, чтобы покататься на колесе обозрения. Жених и невеста сидели вдвоём в кабинке. Те, кто остались внизу, фотографировали молодых.

"Наверное, такие красивые и необычные получатся фотографии.

Жених и невеста вместе в одной кабинке на фоне синего безоблачного неба… И фата на ветру развивается…”, — представляла я фотографии молодожёнов, когда поднималась ввысь на колесе обозрения.

После прогулки по парку мы отправились в Заречный. Там нас ждали накрытые столы, на которых пестрели всевозможные нарезки, салаты, вазы с медовыми фруктами, пироги, горячие блюда, запечённые поросята и барашки. Столы ломились в буквальном смысле этого слова.

Застолье, пляски, игры, конкурсы… Всё как положено! Но затем кто-то предложил необычную забаву — весёлые старты на тачках. Парни должны были бежать с тачками, в которых сидели девушки. Первая тройка игроков пригласила меня, Веру и Марусю. Первым прибыл тот, который вёз Веру. Ещё бы! Она самая миниатюрная среди нас троих! При этом дружок, который лихо прокатил её на тачке, вылитый Добрыня Никитич — огромный и широкоплечий. После нас много кто состязался в весёлых стартах с тачками. Даже ровесники родителей Нади и Гриши приняли участие в конкурсе.

После состязаний кому-то взбрело в голову покатать жениха и невесту на одной тачке. Парни катали их всей толпой. Хорош же вестибулярный аппарат у этой пары, я скажу… Ведь до покатушек в тачке их со всей дури катали на двухместных качелях… И качели те поднимались выше, чем на девяносто градусов.

Ну а теперь их кружат на тачке. Разошлись до того, что погнали тачку с женихом и невестой прямо в речку под ликующие крики молодёжи и перепуганные крики мам Нади и Гриши.

— Платье же забрызгаете! — голосила мама Нади.
— Хоть бы пиджак снял! — кричала мама Гриши.

Благо парням хватило ума не закатывать тачку слишком глубоко — носились вдоль берега.

После активных тачечных состязаний мы сели обратно за стол. Нам принесли огромный пятиярусный торт с белыми лебедями на верхушке.

Жених и невеста разрезали торт. Сначала раздали кусочки родителям, затем — остальным гостям, которые получали свои кусочки в обмен на пожелания молодым.

Принесли самовары, мы принялись пить чай.
Бабуля моя сидела рядом с бабушкой Нади и приговаривала:
— Хороший вышел праздник! Столько молодёжи собралось! Повеселились от души, насмеялись, натанцевались… При этом никто не напился, не подрался… Всё культурно!

Затем после чаепития объявили медленный танец. Меня пригласил танцевать высокий брюнет, тот самый, что возил меня на тачке. Мы не заметили, как музыка перестала играть… Мы всё кружились в танце посреди яблонь в саду. Затем вокруг нас собрались гости и стали нам хлопать. Кто-то начал подшучивать, подал знак гармонисту, тот заиграл "Калинку". Мы пустились в зажигательный пляс, кружась рука об руку.

И вдруг раздалось, словно гром среди ясного неба:

— Слышь, ты, гнида! Убери от неё руки!!!

Какой-то косматый приземистый дикарь набросился на моего кавалера. Они вцепились друг в друга, словно разъярённые кабаны, повалили друг друга на землю и покатились прямо в лужу. Тем, кто пытался разнять дерущихся, тоже изрядно досталось. Кого-то угостили комками грязи, а кого-то — нехилыми тумаками. Когда же с горем пополам удалось разнять вывалявшихся в грязи противников, дядя Гриши прогремел басом:
— Вот теперь я понимаю — нормальная свадьба с кулаками и дракой! А то был какой-то детсадовский утренник. Давай, гармонист, играй! Будем гнать его под гармошку до самой Добрянки!

"Да, я не ошиблась… Тем дикарём, который напал на моего кавалера, оказался добрянский Митька. Тот самый, что променял меня, на модницу из Зареченского", — размышляла я глядя вслед удаляющемуся Митьке в сумерках.

Глава VI.
Подарок на день рождения

— Пойдём, Живчик, пойдём, малыш… — уговаривала я телёнка, которого вела за уздечку на пастбище.

На улице было безлюдно. Никто не видел, с какой телячьей нежностью я заискивала перед Живчиком. Но вдруг у меня за спиной раздался глумливый хохот.

— Ха-ха-ха! Ну что, запрягли тебя, прынцесса городская?— насмехался надо мной Митька, расшагивая походкой вразвалочку.

— И вам доброе утро! — ответила я с укором.

— А тебе идёт такая работа! Ты прямо рождена для того, чтобы пасти скотину, — продолжал подтрунивать надо мной Митька.

— Да, талантов у меня хоть отбавляй! Что есть, то есть! — не растерялась я.

— А чего это ты его отдельно от стада ведёшь? Его что, пастух забыл прихватить?

— Да бабуля моя с утра пораньше пригласила ветеринара, чтобы он осмотрел Живчика. Пастух забрал нашу корову Зорьку, а телёнка, конечно же, не стал дожидаться. Вот и всё.

— А-а! Вот чего тебя бабушка запрягла!

— Зато ты, как всегда, ничем не запряжённый, я смотрю…

— Н-н-ну да… Я человек вольный в отличие от некоторых. Я сам себе хозяин.

— Сам себе бездельник, по правде говоря…

— Гля! А ты всё та же… Так же язвишь…

— Кто тут ещё кому язвит?!

— Ну да, мы — два сапога пара!

— Ой, только не начинай, пожалуйста!

— А я уже давно начал, если ты не заметила... Я что, просто так при всех на свадьбе за тебя дрался?!

— То есть в грязи валялся…

— Ну вот, опять ты за своё, Катюха! А я ведь всегда тебя любил.

Это ты меня предала.

— Я???!!!

— Ну да, ты… Это ты меня вычеркнула из жизни, а я скучал по тебе и страдал, — проблеял Митька, уставившись на меня глазами такого же бледно-голубого цвета, что и его выцветшая футболка.

— Подумаешь, один раз проводил Тоньку из Заречного… Ну просто по пути было… А ты сразу меня заблокировала и приезжать в деревню перестала… И два года не прошло, как ты уже с каким-то пришлым брюнетом у Надьки на свадьбе зажигаешь…

— Ага, проводил всего один раз и то лишь потому, что по пути было! Да-да! Будто бы я не знаю, что за отношения были у вас на самом деле!

— Да то тебе Верка с Маруськой про меня всякого наплели, а ты и поверила этим завистницам…

— Да-да, и Верка с Маруськой, и Улька с её зареченской бандой — все врут как один. Они, наверное, и аккаунт твой взломали, и залили тебе на страницу кучу смонтированных фоток, где ты с Тонькой на пару во всяких ракурсах…

— А-а-а-а! Так ты за мной следи-и-и-ла! Не зря я, значит, с тем хлыщом на свадьбе в грязище плюхался…

— Да уж, прямо рыцарский поступок — наброситься ни с того ни с сего на человека и испортить такой хороший вечер.

— Никто не вправе танцевать с моей девушкой.

— Это ты уже несколько лет не вправе считать меня своей девушкой.

— Ну так я возьму и предложу тебе заново встречаться! Делов-то…

— А я прям разбежалась согласиться!

— Ну а куда ты денешься? Смотри: ты меня в бан кинула, а сама за мной следила… Ты сама не можешь без меня жить, даже если пытаешься.

— Не обольщайся! Я ведь о себе никак не заявляла, из бана я тебя так и не убрала… А то, что пару раз к тебе заглянула, так это для того, чтобы убедиться, что насчёт тебя я приняла правильное решение. Ну и обычное девчачье любопытство сыграло роль.

— Да ладно! А сейчас ты чего со мной разболталась? Тоже из

любопытства?!

— От скуки. Лишь бы дорогу скоротать.

— Вот видишь! Со мной у тебя время летит незаметно! Кстати, а ты что, волосы состригла?

— Как видишь.

— А тебе идёт, ничё так.. С косой ты выглядела, как деревенская простушка, а сейчас у тебя нормальная такая причёска.

— А я вот уже сто раз пожалела, что волосы состригла. Буду заново отращивать.

— Да тебе лишь бы что-то отращивать… Ты сама виновата, что я с Тонькой замутил… Ты себе такие длиннющие ноги отрастила, что стала на полголовы выше меня.

— Ах, вот оно что! Так я должна перед тобой извиниться за свой рост!

— Ну раз отрастила себе ноги, так хотя бы подчёркивала их длину. Ну там… носила бы шорты всякие, юбки короткие или с вырезом… А то носишь длинные платья без вырезов… У моей бабушки и то прикид помодней будет…

— Ну я не сомневаюсь, что твоя бабушка однозначно в тренде! У неё ведь внук — великий кутюрье…

— Кто-о-о? — протянул нараспев Митька.

— Неважно! Проехали!

— Ну а ногти чего не сделаешь?

— Я на музыкальном инструменте учусь играть. Неудобно мне с длинными ногтями.

— А чё их не красишь? Тоже неудобно?

— То есть ногти необходимо красить?

— Ну, ясный пень!

— Разными цветами?

— Ага!

— И стразы на них налепить?

— Ну конечно! А на чём играешь-то?

— На укулеле!

— На чём-на чём?

— На У-КУ-ЛЕ-ЛЕ!

— А эт чё такое?

Я достала из кармана телефон и показала Митьке короткое видео, где я играю на укулеле.

— Ну так и сказала бы, что играешь на маленькой гитарке. А то опять какое-то стрёмное слово выдумала!

Может, я бы и прочла бесполезную для Митьки лекцию о различиях между гитарой и укулеле, но меня буквально трясло от смеха. Митька же с важным видом продолжил допрос:
— Ну а чё губы не увеличишь?
— Куда увеличивать-то? У меня и так они пухлые!
— У кого? У тебя? То тебе так хочется думать!
— Ну да, не верь своим глазам, не верь отзывам вполне себе адекватных людей — верь Митьке!
— Ну правильно, кто ж тебе ещё, кроме меня, правду-то скажет?!
— Не, ну это уже пошёл чистой воды газлайтинг…
— Чего-о-о?
— Да ничего!
— А чего ты…
— Нет, это ты чего задаёшь мне бестактные вопросы, а?
— Гля! Я ею интересуюсь, а она на меня за это ещё и наезжает! Сама всю дорогу язвит… Сама ржёт надо мной, как лошадь… Сама нарочно всякие слова придумывает, чтобы меня дураком выставить, а я ещё перед ней в чём-то виноват…
— И какие же слова я придумала?
— Как будто сама не знаешь!
— Не, ну какие?!
— Ну вот эти вот…. Тютю-рье, куку-леле, а ещё какой-то козлайтинг приплела…
— Всё ясно, Митя. Видишь, какая я ужасная, сколько слов нарочно придумала, лишь бы мозг тебе вынести… Давай-ка на этом разойдёмся по добру, по здорову. Вот уже как раз и на пастбище пришли.

Я сняла с Живчика уздечку. Он замычал и побежал к своей маме Зорьке. Коровы паслись на пастбище, покрытом травой, от которой к концу лета остались лишь неприглядные выжженные лохмотья.

Выполнив бабулино поручение, я отправилась обратно домой, тщетно пытаясь отбиться от Митьки. Он шёл следом за мной и всё не унимался:

— Ты, как всегда, меня бросаешь! А я, чтоб ты знала, намерен тебя добиваться, да… Как ты не понимаешь, что никто и никогда тебя так сильно, как я, любить не будет? Вот кто бы ещё на моём месте сейчас бежал за тобой следом, а?

Я упорно сохраняла молчание.

Митька же продолжил свой монолог:

— Ты пойми, я просто принимаю тебя такой, какая ты есть. Не такой, какой ты себя хочешь видеть, не такой, какая ты в лестных речах других людей, а такой, какая ты на самом деле…

— Ага! Поэтому ты донимал меня придирками?

— Какими ещё придирками?! Катюха, я ПРОСТО задавал вопросы! Я ПРОСТО поддерживал разговор, — стоял на своём Митька, нарочито замедляя тон и напирая на слово "просто". — Это ты пыталась умничать и с меня угорала.

— Ловко же ты с больной головы на здоровую! Нечего сказать!

— То есть у меня ещё и больная голова?

— Ну то тебе видней!

— А мне вот что, Катюха, видней! Никому ты, кроме меня, не нужна… У тебя ведь так и не появился новый парень с тех пор, как мы расстались? Так ведь? Или, может, ты думаешь, что тому хлыщу со свадьбы ты хоть капельку нужна?! Тогда скажи мне, почему он до сих пор тебя не отыскал? До Добрянки ведь из Заречного рукой подать! Перешёл через мост — и готово! Сама посуди, Катюха! Прошла, кажись, целая неделя! А он так и не объявился! Даю руку на отсечение, он и в соцсетях к тебе до сих пор не добавился! И даже твой номер телефона не попросил, так ведь? Он просто оттянулся с тобой на свадьбе. Я по его наглой роже сразу понял, что он просто хотел с тобой замутить. Вот потому я на него и набросился! А я ведь тебя за всё то время, как мы были вместе, ни разу не обидел. Это ты из-за одного случая с Тонькой все мосты разом сожгла. А я, между прочим, только назло тебе с ней мутил, чтобы тебя побесить. И ты ведь за мной следила, как я сегодня выяснил… О чём это говорит? Ты сама не можешь меня забыть. Первую любовь не забудешь никогда! Так все говорят. Как там? "Мы в жизни любим только раз, а после ищем лишь похожих".

— Я смотрю, ты цитатами заговорил.

— Ну так! — усмехнулся Митька. — Я не такой дурак, как ты думаешь. Я знаю всё, что нужно для жизни. Это ты забиваешь себе голову всякой хренью.

— И как же человек, знающий всё, что нужно для жизни, так и не нашёл в ней себе места?

— Мне нет места в этой жизни с тех пор, как ты меня бросила. А вспомни, как у нас всё красиво начиналось? Когда летом ты приезжала из города, я встречал тебя с букетами полевых цветов… Мы вместе катались в лодочке и плескались в речке. Зимой я писал на снегу "Катюха, я тебя люблю". Мы вместе танцевали в нашем стареньком клубе и выигрывали призы как самая лучшая пара на танцплощадке. Это ты своим недоверием разрушила наше счастье!

Я оставила это Митькино словоблудие без комментариев.

— Знаешь, а я ведь помню, что у тебя сегодня день рождения.

— Понятно… Поэтому ты наговорил мне столько "приятных" слов.

— Ну мало ли что я сказал! То всё не со зла! Да и ничего такого уж страшного я тебе не сказал… Ты поступила со мной гораздо хуже, когда из-за своих домыслов перестала общаться со мной.

— Ну а ты мои домыслы подтвердил.

— Ну то ж я назло… Говорю же, назло… Я хотел тебя разозлить, да и только… Может, то была такая себе идея. Но я делал всё, чтобы тебя вернуть… Слушай, Катюх, а ты день рождения свой собираешься праздновать или как?

— Я собиралась сегодня вечером пригласить к себе Веру и Марусю, чтобы с ними отпраздновать.

— Знаешь, а у меня идея получше! Отменяй своих девчонок! Давай сегодня отправимся к лесному озеру. Это волшебное тихое место всего в километре от деревни. Говорят, там русалки водятся…

— Ничего не обещаю.

— Ну почему?

— Потому что у меня были свои планы. А ещё я спешу.

— Куда это?

— Да я к Агафье решила зайти.

— Зачем? За приворотным зельем? Чтобы меня приворожить? Не надо! И так приворожён.

— Ты прекрасно знаешь, что Агафья приворотами не промышляет.

— Да я же шучу! Не кипятись!

— Ладно, Митька, мне правда сейчас не до пререканий. Мне пора.

— Давай… Ровно в пять я буду ждать тебя на этом же перекрёстке.

— Можешь не ждать. Я тебе ничего не обещала.

— Да ты же придёшь! Я знаю.

Я шла к домику Агафьи и рассуждала про себя вот о чём:

"Да, Митька наговорил мне много всяких колкостей. Но я могу его понять. Это всё потому, что он не очень уверен в себе. Он нигде не учится. Толком не работает. У него нет ничего, кроме его чертовского обаяния, которым он сводит с ума юных или недалёких девушек. Да и многим девушкам почему-то нравятся плохие парни вроде него. Мне он тоже нравился в своё время. Видимо, я была очень глупой, если привязалась к такому, как он… Но что я испытываю к нему сейчас?! Мне трудно разобраться в себе. С одной стороны, я всегда мечтала полюбить раз и навсегда, сохранить любовь на всю жизнь... С другой стороны, Митька такой грубый, неотёсанный, невежественный. Хуже того, он подлый и лживый. А ещё мне с ним чаще всего просто неинтересно. Однако он верно заметил насчёт Михаила, того высокого брюнета, с которым я внезапно растанцевалась на свадьбе. Не нужна я ему, поэтому он до сих пор не пытался выйти со мной на связь. А вот Митьке, каким бы он ни был, я нужна. Он даже помнит, что у меня сегодня день рождения… Кстати, он первый после бабули и родителей поздравил меня. О, вот и домик Агафьи… Мне так нужен её совет. Если я поделюсь своими переживаниями с бабулей или девчонками, они будут единодушно ругать Митьку. Мне станет его жалко. И тогда я точно наступлю на те же грабли. А вот Агафья мне сможет помочь. Я это знаю и чувствую."

— Здравствуй, Агафья, — сказала я встrevоженно, открывая калитку в её двор.
Агафья срезала во дворе цветы. Она была, как всегда, аккуратно одета и причёсана. Её строгий внешний вид прекрасно гармонировал с её тонкими чертами лица.
— Здравствуй, Екатерина, проходи, — ответила на моё приветствие Агафья. Как всегда, невозмутимо. — Я сейчас буду завтракать. Ты как раз вовремя. Присоединяйся!
— О, не откажусь. Я к тебе за советом…
— Хорошо. Проходи на кухню, располагайся. Сейчас обо всём поговорим.

Я рассказала Агафье свою историю. Она выслушала меня очень внимательно.

— … Видишь, тот Михаил так и не объявился. А Митька всё же моя первая любовь, — завершила я свой рассказ, изложенный весьма сумбурно.
— Скажем так, Митя — твой первый опыт романтического общения с противоположным полом. Не у всех первые отношения — это первая любовь. Не каждый, кто говорит о любви, на самом деле испытывает это чувство. Человек часто попросту влюблён не в другого человека, а в свои переживания, в романтическую атмосферу, навеянную весной, прогулками, букетами… Ты училась в женской гимназии, затем поступила на филфак. Всё детство ты жила в частном доме, потому даже во дворе не общалась с мальчиками. По улицам тоже не бродила… До семнадцати лет тебя отвозили в гимназию и привозили прямиком домой… Да, ты могла посидеть в кафе с девочками из класса, посетить с ними всякие культурные мероприятия. Но в строго отведённое для того время и обязательно с долей контроля. Только в деревне у бабушки у тебя было раздолье… Здесь, на лоне природы, твоя эмоциональная, яркая, жаждущая жизни личность могла в полной мере проявлять себя… Здесь ты приобрела свой первый и почти

единственный опыт общения с противоположным полом. Здесь тебе подвернулся Митька, первый парень на деревне. Неудивительно, что ты к нему привязалась. Твой выбор был невелик. Твоё воображение разыгралось не на шутку, наделяя Митьку привлекательными чертами. Теперь же у тебя открылись на него глаза. У тебя не осталось к нему ни уважения, ни интереса. Зато остались эмоциональные привязки, основанные на жалости, чувстве вины и предубеждении, что Митя — твоя первая, а значит, единственная любовь. Нет, то была ещё не любовь. Хочешь, чтобы у тебя была одна любовь на всю жизнь? Так и будет. Твоё счастье уже совсем близко. Намного ближе, чем ты можешь представить. О Мите я могла бы рассказать тебе много всякого... Но не буду. Дело ведь здесь даже не в нём, если посмотреть глубже. Есть одна вещь, которую ты не желаешь признавать. Михаил произвёл на тебя впечатление, но от него ни слуху ни духу. Вот в чём дело! Поэтому сейчас ты готова связаться с бывшим парнем. Ты в отчаянии. Вот почему ты сама готова убедить себя в том, что никому не нужна, кроме Мити, и в том, что ты — его первая и вечная любовь. Я не намерена с тобой спорить. Давай я лучше подарю тебе флюоритовые бусы. Они усиливают интуицию и при определённых условиях открывают третий глаз. Ты сама всё увидишь. Возьми. Это мой подарок в честь твоего дня рождения, — протянула Агафья мне чудесное украшение из крупных флюоритовых бусин сиреневых и зелёных оттенков.

— Спасибо, Агафья! Ты так ко мне добра…

— Сейчас иди домой, отдохни как следует, а потом отправляйся на встречу с Митей.

— Как? Ты это поддерживаешь?

— А почему бы нет? Тебе стоит побывать на том озере. В нём кристально чистая вода. Его можно назвать местом силы. Только бусы не снимай ни за что.

Ровно в пять часов вечера я была на перекрёстке. Там меня уже поджидал Митька с самодовольным выражением лица. Он стоял, облокотившись на забор из ветхого почерневшего дерева.

— Ну, я же говорил, что ты придёшь! — хвастливо воскликнул Митька. — Я угадал!

— Так, может, тебе открыть свой салон гадания? Всё лучше, чем без дела маяться.

— А я смотрю, ты снова пришла в себя. Опять язвишь.

— Ну а как насчёт обещанной прогулки к озеру? Она состоится или как?

— Ну конечно. Я слов своих на ветер не бросаю.

Мы пошли по тропинке вглубь леса. Золотые лучи вечернего солнца просачивались сквозь ветви, обливая листья горящим светом. Последние деньки лета нежно обнимали природу мягким теплом. Но в воздухе уже чувствовалась осень. Лес по-прежнему щеголял облачённым в пышную зелень, но в его убранстве уже проскальзывали пожелтевшие листочки.

— А что это у тебя за бусы бабусячьи? — вновь подал голос Митька.

— Не бабусячьи, а флюаритовые. Нет такого камня, как бабус, — отрезала я.

— Гля! А ты и правда разошлась… На тебя Агафья дурно повлияла.

— То есть не в твою пользу!

Немного спустя мы пришли к озеру. Оно было в форме почти идеального круга — будто нарисованное с помощью циркуля. Оно выглядело как зеркало, обрамлённое ветвистой порослью, словно рамой. Мы подошли прямо к воде, в которой можно было разглядеть косяки плавающих рыбок. Воистину волшебное место… Но вдруг на зеркальной глади озера я заметила три силуэта: Митьку, себя и… Михаила. Я стояла между ними.

Затем к Митьке подошло несколько девушек, затем ещё несколько и ещё… Все они были шибко расфуфыренные — словом, в его вкусе… Он рассматривал их и даже не смотрел в мою сторону. Михаил шёл вдоль моста с букетом цветов и улыбался мне.

— Ну всё, прощай, юная Катя! Здравствуй, Катя новая! Здравствуй, Катя возрождённая! — произнесла я мысли вслух.

— Чего-о-о? — протянул Митька в своей нахальной манере.

— Да ничего! Прощай, Митя! — ответила я тихим голосом. С этими словами я развернулась, чтобы уйти по протоптанной тропинке.

— В смысле? Погоди! — крикнул Митька и схватил меня за руку.

— Да отпусти же ты меня! — закричала я не своим голосом, толкнула его со всей силы так, что он бултыхнулся в воду. Избавившись от назойливого Митьки, я резвой походкой пошла по тропинке, ведущей в деревню.

Митька вопил мне вслед, бултыхаясь в озере:
"Да ты что, больная, что ли?! Ты же столкнула меня в зачарованное озеро! Меня же русалки на дно утянут... Вернись сейчас же! Вернись! Кому говорю!"

Но я не возвращалась! Я прекрасно знала, что русалки такое добро, как Митьку, долго у себя не продержат. Порезвятся вдоволь, да и выкинут на берег.

Я шла быстрым шагом и напевала песню, наступая на хрустящие под ногами ветки, иглы и палые листья. Лес был наполнен медовым запахом цветущего вереска.

Вот и окраина деревни. Я вышла на улицу, которая вела к мосту через речку. Дул лёгкий ветерок. Облака плыли по небу, словно воздушные зефирки, политые ягодным сиропом.

Любуясь вечерними пейзажами уходящего лета, я не заметила, как дошла до моста. Я остановилась и заметила вдали силуэт. Не теряя ни секунды, я пошла ему навстречу. Да, это был Михаил с огромным букетом цветов. Он шёл мне навстречу и улыбался. Точно так же, как в том видении посреди леса.

— С Днём рождения, Катя! — поздравил меня Михаил, протягивая мне букет роскошных белых роз.
— Спасибо! Вот так сюрприз! Слух о моём дне рождении дошёл до самого Заречного?
— Я просто ещё неделю назад нашёл тебя в соцсетях и прочитал в твоей анкете, когда у тебя день рождения. Мне дали ссылку на твой аккаунт. Знаешь, в этом году я впервые побывал в этих краях. Я живу в том же городе, что и ты. Учусь на историческом факультете вместе с дружком, ну которого мы Добрыней

Никитичем прозвали. Так вот он предложил мне приехать на свадьбу в его родной посёлок. Я принял его предложение и совсем не пожалел. В тот вечер, когда мы вместе с тобой танцевали, я собирался попросить у тебя номер телефона и так далее. Но в праздничной суете не было такой возможности. То конкурсы, то танцы… Потом эта драка… Я подумал, тот сумасшедший Митька — твой парень. Потом я уехал в город. Но забыть тот вечер так и не смог. Затем я набрался смелости и попросил твои координаты у Добрыни Никитича. Тот попросил их у Нади. Она скинула ссылку на твой аккаунт. Признаюсь, я очень внимательно изучил всю информацию в твоём профиле. И у меня отлегло от сердца, когда я узнал, что тот Митька даже не числится в твоём списке друзей.

— Митька остался в прошлом. И поверь мне, русалки убедят его в том, что ему появляться в моей жизни себе дороже.

— Русалки? — переспросил Михаил с улыбкой.

— Ну да… Они самые…

— Знаешь, я видел твои фотографии, где у тебя длинная коса. Ты и сейчас очень красивая. Но коса тебе невероятно идёт. С косой ты выглядишь как боярышня, как княжна, как юная царевна.

— О, благодарю за комплимент. Я как раз поставила цель — заново отрастить волосы.

— Отращивай обязательно! У тебя ведь шикарные волосы чудесного тёмно-русого цвета.

Я загадочно улыбнулась.

— А ты играешь на укулеле? — поинтересовался Михаил.

— Ну да, учусь…

— Знаешь, а я играю на фортепиано. Может, однажды сыграем дуэтом…

— Почему бы нет?

…

Мы стояли посреди моста и беседовали обо всём на свете. Золотистый вечер утопал в синем шёлке надвигающейся августовской ночи, украшенной яркими звёздами. Мой девятнадцатый день рождения превзошёл все мои ожидания. Я получила такой подарок, о котором не смела мечтать.

Глава VII.
Сладость или гадость

Последняя неделя октября… Добрянка встретила меня в жёлто-красном наряде. Да, я снова приехала в деревню. Но не просто так, а для того, чтобы взять крупную тыкву для Хэллоуина. Во вторник мы отпразднуем его с одногруппниками.

И всё же не стоит думать, что приехала я лишь из корыстных соображений. Я очень соскучилась по бабуле. Целых два часа мы обсуждали с ней мои новости. Благо было мне что рассказать. Новостей у меня накопилось на сто с лишним газет…

Бабуля накормила меня грибным супом, фаршированными котлетами и жареной картошкой с маслянистыми опятами. Вдоволь напившись чаю, я решила заглянуть к Агафье.

Около трёх часов я подошла к её домику и заметила, что Агафья выходит со двора с лукошком в руках.

— Здравствуй, Агафья! — весело поприветствовала я свою подругу-ведунью.
— Здравствуй, Катюша, — ответила мне Агафья и тоже улыбнулась. Прошу заметить, Агафья улыбается крайне редко.
— А я вот приехала… Решила тебя навестить, мне столько всего нужно тебе рассказать.
— И расскажешь. Вот только сначала мы сходим к Анне Тимофеевне. Я ей обещала растирку для суставов принести и отвар из кошачьего корня.
— Из чего? — опешила я.
— Из кошачьего корня. Так называют в народе корень валерианы.
— Ах, вот оно как! Поняла… А то мне уже невесть что взбрело в голову…

Мы подошли ко двору Анны Тимофеевны и заметили, что у неё был гость, который громко, растягивая слова, рассказывал ей, что нужно заменить:

— Крыша вся пришла в негодность! Её нужно полностью перестелить.

— Как, полностью? Только перекрывала. Протекает же только в одном месте, над прихожкой…

— Поверьте мне, это пока что… Кто-то очень недобросовестный вам крышу чинил… Если сейчас крышу не перестелем, течь будет везде и всюду… Но вы не волнуйтесь… Я работал в элитных районах столицы, делал всё в лучшем виде — быстро и качественно… — уверял её худощавый мужчина с широко распахнутыми бледно-серыми глазами. На нём был спортивный костюм прямо из 90-х и смешная кепка.

— Ну а нельзя для начала просто участок над прихожкой заштопать?

— Можно, конечно, — сказал мужчина, почесав затылок. — Но хорошо бы успеть до морозов. Сами подумайте: потом пойдут снега, потом оттепели… Затягивать не нужно…

— Эх, милок мой… У меня ж денег сейчас нет на то, чтобы перестилать всю крышу. В сбережения я лезть не хочу: они у меня на смерть отложены. Сейчас могу потянуть только вон тот участок над прихожкой. А на всю крышу я смогу только к лету поднакопить. Если, конечно, буду по полпенсии каждый месяц откладывать…

— Да о чём вы говорите?! Зачем вам что-то откладывать? У меня в мастерской у Павлыча работёнка появилась, ещё и на шабашки в райцентр ездить буду… Там я вам и шифер закуплю по такой цене, что точно потянете. Мы с вами друг другу свыше посланы… Вы поможете мне за детьми присмотреть, подкормите их, если нужно… А я вам за это всё бесплатно буду делать.

— Да мой же ты сладкий! — обрадовалась Анна Тимофеевна. — Тебя и впрямь сам Бог мне послал. А детишки твои пусть приходят. Я их с удовольствием угощу, мне нетрудно.

— Ну вот и договорились. Завтра тогда они к вам придут, вы сходите с ними утром на концерт в дом культуры. А я к обеду приду вам крышу чинить.

Наконец-то Анна Тимофеевна обратила на нас внимание. А то не могла отвести глаз от собеседника и слушала его как заворожённая.

Но не успела она и рот открыть, чтобы нас поприветствовать, как мужчина её опередил:

— А кто это? Ваши родственницы? Я думал, вы одинокая…

Мы наконец-то поздоровались с Анной Тимофеевной, затем она представила нас своему гостю:

— Это Агафьюшка, наша ведунья, и Катюша — она к бабушке в гости приехала. Как там Просковья Никитична поживает?

Но не успела я ответить, как гость Анны Тимофеевны снова запустил сплошной поток слов:
— Я Пётр… Приехал из Москвы… А о вас я наслышан, — сказал он, обращаясь к Агафье. — Знаю-знаю, вы тут всех лечите… Может, и я к вам за травами как-нибудь приду… Может, и меня вы полечите или чему научите, а я вам по хозяйству помогу. Вы ведь одна живёте. Мужа у вас нет. Ту же крышу починить некому. Можно, конечно, обратиться к соседям. Но вы молодая и красивая — наверняка ревнивые женщины недовольны, если их мужья вам помогают. А я один. Меня жена с двумя детьми бросила. Я выручу вас, а вы — меня. Может, если Тимофеевна приболеет, то я к вам своих дочек приведу… У вас ведь нет своих детей — наверное, вам скучно одной и не хватает в доме детского лепета. Мы можем друг к другу в гости ходить: вы — ко мне, я — к вам.
— А почему вы из Москвы уехали? — поймала Агафья секунду паузы, чтобы задать вопрос?
— Да я… это… — снова почесал затылок Пётр, — решил в деревню переехать. Тут и воздух свежий, и люди душевные, и платить за жильё не надо… Сколько изб заброшенных — заходи и живи. Я вот в одной из них временно обосновался. А там посмотрим… Я первое время то к Анне Тимофеевне, то к вам детей водить буду…
— А я разве добро на это дала? — осадила Петра Агафья.
— Ну что ж вы такая резкая, девушка? То-то вы и одна… Кто ж рядом с собой женщину с таким нравом потерпит? Помягче надо быть…
— Анна Тимофеевна, вы ведь меня пригласили, чтобы я вам

суставы полечила? Если вам сегодня не до этого, давайте я приду в
следующий раз, — оборвала Агафья наставления Петра,
обратившись к бабе Анне.

— Ой, Агафьюшка.. Конечно-конечно… Сейчас пойдём в дом и
начнём лечение… — спохватилась Анна Тимофеевна.

— Ладно, раз тако дело — не буду вам мешать, идите лечиться, —
проявил Пётр любезность. Но тут же обратился ко мне:

— Девушка, а ваша бабушка тоже одна живёт?

— А что? — задала я встречный вопрос.

— Ну-у-у, может, ей тоже какая помощь нужна. Пусть обращается
— я помогу, — завёл свою шарманку Пётр в свойственном ему
замедленном ритме без пауз.

— Благодарю, но моей бабушке есть кому помочь. Если что, папа
из города приедет и поможет.

— А-а… — протянул Пётр. — А если вдру-у-у-г…

— Уж извините, что я вас перебиваю, но я у Агафьи в ученицах.
Хочу поприсутствовать на процедурах. Да, и ещё! У Агафьи целая
горница дочек всех мастей. Одну из них она даже мне подарила —
ну ту, которая на меня вышла похожей.

От неожиданности Пётр разинул рот и округлил глаза уже не в
размере пяти копеек, а пяти рублей.

— Да, и вот ещё что, — добавила я, — вы, когда уходить будете,
закройте калитку на щеколду. Она легко закрывается. Всего
хорошего! — с этими словами я развернулась и ушла, оставив
Петра в полном замешательстве.

Он ещё что-то пробубнил в ответ, но я не стала его слушать и
закрыла за собой дверь.

Я зашла в комнату, где Агафья растирала суставы Анне
Тимофеевне.

— Ох, Агафьюшка, может, зря ты так жёстко с этим милым
молодым человеком. Я, конечно, всё понимаю… Но как знать?!
Может, нам сам Бог послал этого человека? Это ты ещё пока
молода и тебе всё ни по чём… А вот останешься на старость лет,

как я, одна — так узнаешь, каково это быть никому не нужной. А тут мужчина подвернулся. С детками, да… Но это же хорошо! Может, воспитаешь их, вырастишь как своих, а они к тебе и привяжутся… И ни к кому не придётся на старость лет в глаза лезть, чтобы крышу починили или дров накололи… — причитала Анна Тимофеевна.

Не хотелось мне обижать эту сердобольную старушку, потому я свои мысли оставила при себе. А думала я вот о чём:

"Такая, как Агафья, одна не останется… Она любит одиночество, да… Но редко бывает одна. К ней постоянно кто-то за чем-то идёт: то за травами, то за отваром, то за советом… Она стольким помогла изменить жизнь к лучшему, что обязательно найдётся тот, кто и стакан воды ей поднесёт, и с почестями похоронит… Она — ведьма, в конце концов… А такая всегда найдёт, как устроиться… И хоть Пётр что-то плёл про ревнивых женщин, которые против того, чтобы их мужья помогали Агафье, я с уверенностью могу сказать, что это не так. Судя по рассказам моей бабули и моим собственным наблюдениям, женщины в Добрянке весьма дружелюбно относятся к Агафье, не завидуют её красоте и не ревнуют к ней мужей… Удивительно, но это так. С чем это связано? Для меня это загадка. Может, это всё потому, что Агафья очень строгая и не склонна ко всяким флиртам. Как бы там ни было, все в Добрянке относятся к ней с почтением и рады ей помочь всем, чем могут."

— А я вам вот что, Анна Тимофеевна, скажу… Вы бы не пускали этого Петра на порог и завели бы собаку, — посоветовала Агафья.
— Да о чём же ты, милая? Какая мне собака? Сколько мне ещё осталось?! Со мной что —кому эта собака нужна будет?! Да и к Петру ты несправедлива. Других мужиков неделями нужно дожидаться, чтобы они соизволили прийти что-то сделать, а вот Пётр сам прибежал. И дверцу в стенном шкафу починил, и лампочки заменил, и столько новых каналов настроил…
— Держите всё-таки свои сбережения прямо при себе… Этот человек нечестен.

— Ну вот опять ты, милая, за своё! Что ж за жгучий язычок-то у тебя?! Словно горький перец в растирке! Этот Пётр такой открытый, добрый, вежливый... Он ведь меня даже на концерт пригласил. Там его старшая дочка на детском празднике песню петь будет. Его девочки за мной завтра в девять часов утра зайдут. Мы вместе с ними в дом культуры пойдём.

— А билеты он вам принёс?

— Ну, наверное, девочки завтра принесут.

— Вы так думаете?! А он что, дочку уже на кружок записал?

— Ну да, и на кружок, и в школу их устроил... Он шустрый малый.

— Неужели он и в школе рассказал байку про то, что его будто бы оставила жена с двумя детьми и что он подался к нам в Добрянку, потому что здесь воздух свежее и можно в любой заброшенной избе поселиться? Интересно, что у него вообще с пропиской?

— Агафьюшка, ну не расстраивай меня! Для тебя ж любые намёки про замужество, словно красная тряпка для быка. Здесь-то все знают, какая ты, потому и чураются подобных разговоров с тобой. А новый человек по простоте душевной взял и ляпнул, не подумав... Рассердил он тебя, то-то ты и возводишь на него напраслину... — кудахтала Анна Тимофеевна.

Я уж думала, что Агафья перевернёт ей всю банку с растиркой прямо на голову. Но Агафья лишь вымыла руки, надела пальто, набросила платок на голову и спокойно сказала:

— И всё же держите сбережения при себе! О собаке тоже подумайте.

На этом мы распрощались с Анной Тимофеевной и ушли.

— О, уже темнеет! А я обещала бабушке, что управлюсь дотемна. Задержались мы из-за этих разговоров, — заметила я.

— Знаешь, сейчас иди домой. А завтра приходи. Завтра и поговорим, — предложила Агафья.

— Если ты приглашаешь, я с удовольствием приду. Так много всего хочется тебе рассказать... Но так и быть, потерплю... До завтра, Агафья!

— До завтра, Катюша! ...

В субботу утром я отправилась к Агафье. Мы попили брусничного чаю с тыквенным пирогом и устроились в гостиной, где Агафья вязала пушистый кардиган цвета зелёной хвои, а я сматывала пряжу в разноцветные клубки. Чёрный кот Ерофей лениво разлёгся в кресле и не проявлял к клубкам никакого интереса. Видимо, не в том он возрасте... За окном с садовых яблонь плавно падали листочки, мягко ложась на землю пёстрым ковром. Осень та ещё рукодельница!

Наконец-то я рассказала Агафье, что уже почти два месяца мы встречаемся с Михаилом, с которым мы познакомились на свадьбе:
— У нас столько с ним общих интересов... Каждое воскресенье мы проводим вместе. В пятницу после пар он проводил меня на вокзал. А завтра, в воскресенье, он должен меня встретить, и мы вместе пойдём на выставку. Он очень интересный и образованный, при этом внимательный и заботливый.

Агафья слушала меня, и её синие глаза лучились задорными искорками.

Обсудили мы и традиции Хэллоуина. Хоть этот праздник и заимствованный, он всё же, как сладкая изюминка в осеннем пироге. Традиции, как язык! Если в язык время от времени приходят новые слова, то почему нельзя заимствовать и традиции, если они добавляют красок и не содержат в себе ничего дурного.

— А ты знаешь, что дети накануне Хэллоуина ходят по домам и говорят "Сладость или гадость"? — спросила я Агафью, откинувшись на диванные подушки в плюшевых рыжих наволочках.
— Конечно, я знаю про этот шуточный шантаж. В Добрянке это не практикуют, но я в курсе, — ответила Агафья. — Так... Уже половина первого — пора поставить в духовку ягнёнка с овощами. Я вчера вечером его замариновала в сливочном соусе с крапивой. В два часа будем обедать.

За работой и разговорами полтора часа промчались очень быстро. Агафья подбросила в печку дров, подогрела к обеду зелёный борщ и подала на широком подносе ягнёнка. Мне не терпелось приступить к этой царской трапезе. Но вдруг раздался стук в дверь. К нам пожаловала гостья. А именно — Анна Тимофеевна.

— Здравствуй, Агафьюшка! Какой на тебе красивый широкий свитер! Знаешь, серый цвет не очень люблю. Но этот оттенок довольно приятный и тебе к лицу. Да, и юбка на тебе красивая, отлично сочетается со свитером…
— Вы проходите, Анна Тимофеевна. Мы собрались обедать. Присоединяйтесь!
— Спасибо, не откажусь... У меня тут для вас, девчата, целое кино… Я сначала всё по порядку расскажу, а потом уж поем. Такой праздничный обед в самый раз, мои дорогие…
— Что ж, баба Аня, мы все во внимании! — сказала я.
— Ну так вот, — начала Анна Тимофеевна, — вышла я сегодня во двор в полвосьмого, чтобы палую листву потихонечку смести. Смотрю, а у меня во дворе аж четыре ящика со всякими инструментами — взялись невесть откуда. Думаю, неужели Пётр принёс? Он же мне всю крышу собрался перестелить. Так чего ж он мне не сказал, что принесёт всё это богатство?! Я бы ему в сарайчике место выделила. Ну а то ж не дело это, чтобы инструменты на улице стояли. Что ни день, то дождь… Твоя правда, Агафьюшка, нужна мне собака. Та бы хоть залаяла, если бы кто-то во двор вошёл. А то ж прокрасться можно так, что и не услышишь. Похлопотала я часок во дворе. В полдевятого пришли Петровы девчонки. Мы с ними ж должны были на концерт пойти. Смотрю, одна девочка лет девяти, а другая — совсем крошка. Года три ей, не больше… Я-то думала, что они обе школьного возраста, а тут дитя малое, за которым нужен глаз да глаз. Попробуй угонись за ней, если побежит куда! Вы же знаете, как я хожу… Ну ладно! Пошли мы в дом культуры. На входе попросили у меня билеты. Я девочек спрашиваю: “Вы билеты-то принесли?” А мне старшая отвечает: “Какие билеты?” Я тогда обращаюсь к работнице ДК: “Оксана, а что же делать? Я полчаса больными ногами ковыляла. Мне тут поручено детей привести и отвести. Старшенькая выступает.” Тогда Оксана мне говорит: “Ладно, тёть Ань, не волнуйтесь. Сейчас что-нибудь придумаем.” Свободных мест не

было в зале — мне пуфик подсуетили. Хорошо, что Оксана, добрая душа, не отмахнулась от меня, хоть как-то усадила, а то бы я и концерт не увидела, только бы напрасно протопала. Просидела я с дитём на руках полтора часа. Все ноги она мне отдавила… Хорошо, что хоть вчера, Агафьюшка, ты мне ноги полечила. Но как ты догадалась о том, что Пётр не купил никаких билетов?

— Ну уж об этом совсем несложно было догадаться. Да, он починил у вас в доме несколько вещей, но всё это он делал не просто так — он разведывал… Ну и вас таким образом пытался закабалить. Учитывая то, как он болтал без умолку, без всякого стеснения расходуя наше время... Учитывая то, как он уже распределил, кто будет присматривать за его детьми, даже не спросив согласия, несложно было догадаться, что это за человек. Он способен на что угодно, но только не на заботу о других, — объяснила Агафья.

— И вот тут ты права. Как позже я узнала от Любы-продавщицы, он в магазине покупал сладости, сам ими на ходу давился, а детям ни грамма не давал. Ну так это ещё цветочки… Дальше ягодки… Пришли ж мы после концерта, обе попросили поесть — я их накормила. Но как же они потом стали носиться по дому! Всюду рыщут, визжат — у меня аж голова кругом пошла. Говорю им: "Вот что, мои милые, пойдёмте-ка в мастерскую к отцу…". Думаю, скажу ему, что так мы не договаривались… Мол, я не знала, что у него трёхлетний ребёнок и что они обе шибко шустрые… И ещё, пожалуй, спрошу насчёт тех инструментов. Прихожу ж я в мастерскую, девочкам сказала возле двери на лавочке ждать. Мне сообщили, что Пётр в кладовке с Павлычем. Захожу я в кладовку и вижу следующую сцену:

— Ты что ж, сукин сын, меня совсем за мальца держишь?! — прорычал сквозь зубы Павлыч.

— Да что ж сразу за мальца?! Говорю же, я просто хотел починить провод, — оправдывался Пётр, вытаращив глаза. Вы бы слышали, каким он разговаривал тоном!

— Что ты мне мозги пудришь?! У тебя в руках был нож! Ты прямо сейчас ровненько ножиком срезал десять сантиметров изоляции. Не смей мне врать, что так и было! Если ты хотел починить провод, где тогда изолента? У тебя в руках был только нож!

— Так я для начала повреждённый участок срезал — там, где изоляция потрескалась.

— А обмотать поверх изоляции что, не судьба?

— Да вы бы видели, в каком состоянии была изоляция! Она так сильно потрескалась, что кусочки уже на соплях держались…

— Потрескалась, говоришь, на соплях держалась… А ну-ка, покажи мне срезанный кусок!

— Так я его уже выкинул…

— Куда ж это? В окошко?

— Ну да, в окошко…

— В окошко, говоришь, да? — усмехнулся Павлыч.

— Говорю же — да-а-а, — раздражённо протянул Пётр.

— ДА ГДЕ Ж У МЕНЯ ТУТ, ЯДРЁНА ВОШЬ, ОКОШКО В СКЛАДСКОМ-ТО ПОМЕЩЕНИИ? — заревел Павлыч.

— Ой, не передёргивайте и не орите на меня! Я выкинул из окошка, что в другой комнате!!!

— Ага! А потом ещё раз с ножом к проводу вернулся, чтобы ещё что-то срезать и ещё раз из окошка соседней комнаты выкинуть. Знаешь что… Хватит держать меня за идиота! Изоляцию срезал, инструменты куда-то заныкал… И не смей отпираться! До твоего появления никогда в моей мастерской пропажи не было…

— Павлыч, а у тебя случайно не четыре ящика с инструментами пропало? — вмешалась я.

— Да, Тимофеевна, как раз четыре ящика… — подтвердил Павлыч.

— Так они у меня во дворе! — воскликнула я, всплеснув руками.

— Вот же сволочуга! Значит так, я сейчас позвоню участковому. Пусть его задержит.

— Да в смысле?! — взбеленился Пётр. — На каком основании? Чем вы докажете, что инструменты взял я?

— А сейчас участковый придёт… Вот тогда и во всём разберёмся: и насчёт того, кто инструменты свистнул, и насчёт того, зачем ты изоляцию срезал… Сейчас всё выясним. Заодно документики твои проверят. А то опростоволосился я, когда пустил тебя в мастерскую, не проверив твои документы. Оказал тебе доверие, как местным ребятам… А зря!

— Добрянка называется… — промямлил с укоризной Пётр. — Я думал здесь живут добрые люди, а вы вон какие…

— А у нас добро с кулаками. Другого не держим, — ответил ему Павлыч.

Тот уже открыл рот, хотел ещё что-то тявкнуть, но пришёл участковый и всех забрал в управление. Выяснилось, что Пётр этот в федеральном розыске. Он стащил дорогую коллекционную вещь из дома одного богача, у которого он работал… То-то сюда и бежал, да ещё с фальшивыми документами. Жёнушка его, оказывается, на сносях и неподалёку в другой деревне промышляет, за вдову себя выдаёт. Выяснилось также, что никакой он не Пётр, а Виктор. Вот оно как, мои милые… Эх, Агафьюшка, ты ведь меня предупреждала, а я тебе не поверила.

— Ну, баба Аня, так кто же у нас Пётр, то бишь Виктор? Сладость или гадость? — спросила я с лукавым выражением лица.

— Да какая там сладость?! — махнула рукой Анна Тимофеевна.

— А я помню, как вы его назвали… Сладкий мой!

— Гадкий он, да не сладкий! — рявкнула Анна Тимофеевна так, как будто это я заблуждалась насчёт "Петра" и других пыталась ввести в заблуждение. Но я понимаю, ей явно было неудобно за то, что она заступалась за мошенника и даже прочила его Агафье в мужья. А ещё говорила о том, что ведунья наша напраслину на хорошего человека возводит.

Я бы высказала мысли вслух, но Агафья остановила меня:

— Ладно, давайте оставим всякие гадости и приступим к обеду!

— На радостях! — добавила я.

Глава VIII.
Полночный волк

— Молодец, Миша! Осталось опустить последний мешок картошки. Вон в том углу стоит. Опусти его, — раздавала бабуля указания моему парню.

— Хорошо, Прасковья Никитична! — сказал Миша, поднимаясь по лесенке из погреба.

— Так, правильно, вот этот мешок… Ах да! Ещё ж три мешка с морковью в прихожей. Их тоже нужно отнести в погреб.

— Будет сделано! — отозвался Миша, высыпая в ящик картошку из восьмого мешка.

— А ещё ж лучок нужно опустить! Ну там всего ничего — два мешочка и те по десять килограмм.

— И лучок опустим!

— Ой, какой удалой! Он, смотрю, не только умные книжки читать мастер. Он у нас ещё и богатырь! — нахваливала бабуля помощника.

— Ну так… Чему ты удивляешься?! Он Митьке ведь достойный дал отпор, когда тот на него на свадьбе набросился!

— Ну! Одно дело — подраться, другое дело — потрудиться на славу.

— Готово! — воскликнул Миша. — Может, ещё что нужно опустить? Или шкаф передвинуть?

— Ну полноте, внучек…

— Внучек?! — переспросила я.

— Ну да, внучек… Он же твой ровесник, потому и внучек, — проворчала бабуля.

— А-а, вот оно что… А я уж подумала, что Миша тебе втихаря про нашу помолвку шепнул.

— Какую помолвку?! — спохватилась бабуля.

— Ладно, бабуль, не бери в голову. Я шучу.

— Хм! А этой бы всё шутить! — фыркнула бабуля. — Ладно, совсем загоняла я дитя! Скажет, приехал в гости! Сотни килограмм овощей перетаскал и даже не накормили! Садись за стол, мой золотой! А ты, Катюша, помоги мне накрыть.

— Да может, я помогу? — предложил Миша.

— Ну уж нет! Я тебя и так загоняла. Да и гостишь ты у своей невесты. Пусть она за тобой поухаживает.

— Кажется, бабуля из тех, кто считает, что в каждой шутке только долечка шутки… — сказала я, обращаясь к Мише, который прямо сиял от счастья.

Я налила своему милому густой наваристый борщ с говяжьим мясом, подала зелень и сметану, положила перед ним ломти свежего домашнего хлеба, нарезала колбасы и сыра. Бабуля подала рубленые котлеты, запечённую картошку с золотистой корочкой, селёдочку с маринованным луком и винегрет. Наконец-то мы приступили к ужину. Однако бабуля нашла чем ещё приправить нашу трапезу:

— Надо ж решить, где наш гость спать будет… Знаешь что, мой хороший… У нас такой уютный чердак… Там у нас так тепло! И раскладушечка там исправная хранится. Вот на той раскладушечке я тебе и постелю.

— Понял, — ответил Миша, не показывая каких-либо эмоций.

— Да в смысле? — вмешалась я. — Почему на чердаке да на раскладушечке? У нас же ещё гостиная есть, а там хороший диван…

— Я сказала на чердаке — значит на чердаке! — отрезала бабуля.

— А-а, понятно… — протянула я нараспев. — Просто бабуля наша слишком молодая, чтобы стать прабабушкой. Ладно, пойду-ка я ночевать к Агафье, чтоб уж наверняка… А то вдруг чердачная сигнализация не сработает.

— И не стыдно тебе нести такое при молодом человеке?! — осадила меня бабуля, покачивая головой.

— Да что я такого сказала?! Вот если бы я тебе, бабуля, предложила ночевать на чердаке вместо Миши, тогда бы ещё был повод для беспокойства. А я ведь собралась к Агафье сбежать от греха подальше…

— Не надо к Агафье! Нечего её тревожить на ночь глядя…

— Да ладно, бабуль! Мы с Агафьей подружились! Почему бы мне

у неё не переночевать?!

— Один раз уже переночевала! Потом тебе плачущая невеста всюду мерещилась!

— Ну так это когда было?!Три месяца назад! Я тогда ещё маленькая была, а теперь я сама невеста — так ты меня называешь… Хотя… если ты против, чтобы я ночевала у Агафьи, ладно — я к ней не пойду. Пусть Миша к ней идёт, — произнесла я последнее предложение, захлёбываясь смехом. — Придёт он к ней… Мол, я к тебе ночевать, давай стели-хи-хи-хи…

— И-ги-ги-ги-ги! — передразнила меня бабуля.

Миша засмеялся, прикрыв лицо рукой.

— Вот видишь: молодому человеку неловко за тебя… Миш, а сажи мне… Это она всегда себя так ведёт, что за неё приходится краснеть?

— Нет-нет, — возразил Миша. — Катя вполне благоразумная девушка, просто она — охотница пошутить.

— Ну ты даёшь, бабуль! Как будто мы с тобой вчера познакомились! Ты же знаешь, что мой весёлый нрав совсем не мешает мне быть серьёзной, когда надо… Смотри! Я и косичку себе снова отращиваю… Как только волосы немного отросли, так я их сразу в косичку и заплела. Заметила?

— Да заметила я, заметила… Правильно делаешь, что отращиваешь косу. У тебя хорошие волосы. А вы, я смотрю, с Мишей одной и той же масти — тёмно-русые и зеленоглазые. Красивая пара! И детки у вас красивые будут, — высказала бабуля мысли вслух, прикусывая губу.

— Так-так-так… И за кого это, бабулечка, сейчас должно быть неловко, а? — торжествующе поймала я бабулю.

— Ну а что? Если станете супругами, будут у вас дети! Положено так. Что тут такого? Ну так я не поняла, кто из вас к Агафье-то идёт… — резко сменила тему бабуля.

— Я, конечно же, бабуль, я!

— А я провожу, а то уже темно, — сказал Миша.

— А ты обратно хоть доберёшься? Ты ведь в Добрянке впервые, да ещё впотьмах будешь возвращаться, — встревожилась бабуля.

— Конечно, доберусь, не переживайте!

— Давай-ка я тебе подробно всё расскажу…

Пока я прихорашивалась, бабуля рассказывала Мише, где на обратном пути свернуть, где сколько домов пройти, на что ориентироваться… Мы уже почти вышли за порог, но бабуля нас остановила:

— Смотрите не вздумайте вдвоём у Агафьи остаться!

— Ага, значит с красивыми правнучатами лучше повременить… Понятно… Ладно, бабуль! Спокойной ночи! — сказала я, обняв бабулю.

Мы шли по вечерним улицам Добрянки. Темно, хоть глаз выколи. Никаких фонарей. Створки на окнах закрыты. Только изредка горел тускловатый свет в маленьких окошках.

— Через день уже зима… А я умудрилась забыть перчатки. Как хорошо, что ты держишь мою руку. Другая рука стынет, прячу её в карман, — пожаловалась я Мише.

— Давай сюда и другую руку, — сказал Миша и взял мою руку в свою ладонь.

— А ты бабушке понравился! По всем параметрам.

— Я старался.

— Да-да, я видела. Знаешь, если бы я этим вечером отправилась в путь одна, я бы умерла от тоски. Всё же в городе намного лучше в межсезонье… Когда ещё не выпал снег, серые приунывшие улицы и безлистные деревья украшают огоньками, игрушками — создаётся атмосфера волшебства… А над деревней в это время нависает беспросветная мгла… Смотри! Только полная луна горит, как зрачок огромной чёрной волчицы, при виде которой всё живое замирает и леденеет от ужаса, — поделилась я своими эмоциями с Мишей.

— Знаешь, а мне всё это представляется иначе… Я вижу чудесную минималистичную картину: затихшая природа перед тем, как уйти под покрывало белого снега, купается в лунном свете. Ты посмотри, какая огромная луна! И кажется, что она совсем близко. В городе такого не увидишь. Всё же искусственным огонькам, даже самым ярким и нарядным, никогда не превзойти по силе и красоте настоящее светило. Да, гирлянды и фонарики могут затмить лунный свет, но не заменить его.

— Какой же ты у меня хороший! Ты у меня и романтик, и философ…

— Не жалеешь о выборе в мою пользу?

— Ну а ты как думаешь? — задала я с лукавым видом встречный вопрос.

Так мы и шли, беседуя и смеясь, пока не оказались на пороге у Агафьи. У неё в кухне горел свет. Значит она ещё не легла спать. Я постучалась. Послышались лёгкие и уверенные шаги Агафьи. Она открыла нам дверь.

— Агафья, привет! А это вот мы с Мишей на ночь глядя пожаловали.

— Привет! Проходите! — сказала Агафья. И, как всегда, опрятная, причёсанная и с невозмутимым видом. Хоть бы раз изобразила удивление!

— Я, наверное, пойду… — начал было Михаил.

— Э, нет! Я не отпущу тебя, пока ты не увидишь агафьиных кукол. Я-то показывала тебе фотографии, но ты должен увидеть их вживую… Ты, как историк, будешь в восторге от агафьиных работ, — настояла я на своём.

Пока мы рассматривали с Мишей кукол в народных и исторических нарядах, Агафья пошла поставить чайник. Миша бросил взгляд на куклу-невесту, которая удивительно похожа на Агафью, внимательно её рассмотрел, но не стал ни о чём расспрашивать. Что сказать?! Интеллигент до мозга костей! Не стал задавать лишних вопросов. Разве что выразил своё восхищение резным теремом, возле которого стояла невеста.

— Катя, Миша, чай готов! Прошу к столу! — обратилась к нам Агафья.

— Благодарю! С удовольствием выпил бы вашего чаю! Наслышан о ваших способностях! Но знаете, мне правда пора… Прасковья Никитична будет переживать, если я задержусь.

— А пожалуй, ты прав! — согласилась я. — Возьмёт ещё и

подумает, что мы на самом деле решили у Агафьи вместе остаться.

— Великолепные у вас работы! Всего вам доброго! — попрощался Миша с Агафьей.

— Подожди, я тебя провожу, — сказала я. — Мы вышли на порог. Я хорошенько натянула шапку Мише на уши. Закутала его шарфом. И попросила, чтобы он позвонил, когда доберётся. Мы нежно обнялись и попрощались.

Я пошла на кухню. Агафья уже разлила по чашкам чай из хвои и рябины. Мы пили чай и закусывали мятными пряниками.

— Агафья, слушай, твой домик ведь прям на опушке леса. Бывает ли так, что здесь бродят дикие звери? В некоторые деревни в это время приходят волки, нападают на скотину…

— На Добрянку волки никогда не нападают. Напротив! И других зверей отпугивают… Добрянские жители никогда не охотились на волков в лесу и другим не позволяли. В Добрянке волк — священное животное. Часто слышу многоголосое пение волков, но ни разу на моей памяти волки не приближались слишком близко к деревне и никакого зла добрянцам не причиняли. Но есть один особенный волк... Он приходит к моему дому в полночь каждое полнолунье. У него белоснежная шерсть и дивные синие глаза.

— Может, это хаски?

— Нет, это волк. Каждое полнолуние ровно в полночь он приходит к моему дому со стороны леса, издаёт хриплый вой и голосит до тех пор, пока я не выйду. Мы проводим с ним один час, затем он убегает обратно в лес.

— Слушай, сегодня ведь полнолуние…

Не успела Агафья ничего ответить мне на моё замечание, как у меня зазвонил телефон. Это позвонил Миша по видеосвязи. Я ответила на звонок, и у меня на экране отобразился он вместе с бабулей. Пока я весело с ними болтала, Агафья постелила мне постель в гостиной. Я не стала злоупотреблять агафьиной добротой. Ровно в девять часов я попрощалась со своими близкими и пошла спать.

Мы всюду потушили свет, но в гостиной, залитой лунным светом, было довольно светло. Я перевернулась на другой бок, чтобы спать лицом к спинке дивана. Но вдруг раздался вой — протяжный, настойчивый, пронизывающий душу… Я снова перевернулась на другой бок и увидела на пороге белого волка с горящими синими глазами, но он не обращал на меня никакого внимания. Волк подошёл к кукле-невесте, стоящей возле терема, ласково её обнюхал, улёгся возле её ног. И кукла ожила. Она улыбнулась, погладила ручками волка и приобняла его. Волк потёрся мордой о куклу. Затем он встал и медленной походкой вместе с куклой отправился к выходу. Длинная фата невесты тянулась по полу, сливаясь с лунной дорожкой…

Но вдруг я открыла глаза и поняла, что это был сон. Кукла неподвижно стояла возле терема на своём привычном месте. В дивном свете матушки-луны она выглядела сияющей, как ангел. Я привстала, выглянула в окно: круглолицая луна безмолвно и вопросительно глядела на меня.

Но не успела я извиниться перед матушкой-луной за свою бессонницу, как вдруг в её жемчужном блеске появилась Агафья. Я её сразу и не узнала. У неё на голове был белый пушистый платок. Её длинные светлые волосы были распущены и струились по спине шелковистыми волнами. Я впервые застала Агафью с распущенными волосами. И первый раз в жизни увидела, чтобы она смеялась, кружилась, пританцовывала…

Следом за ней скакал белый волк. То он оббегал Агафью кругами, то подпрыгивал и клал ей на плечи мохнатые лапы, то тёрся мордой о её ноги, то падал на спину, игриво открывая клыкастую пасть. Его зрачки горели бледно-голубым светом. Агафья трепала его морду, гладила его по спине, что-то ему приговаривала… Я ущипнула себя побольней, чтобы убедиться, что это не сон. Нет, это был вовсе не сон. В очередной раз к Агафье пришёл полночный волк, о котором она рассказывала. Вдоволь нарезвившись, волк прилёг, Агафья села рядом с ним прямо на землю. И вдруг лёгкими хлопьями повалил белый снег. Волк положил свою косматую голову Агафье на колени, а она сдувала снежинки с его взъерошенной шерсти.

“Ах, в чём же твоя тайна, загадочная ведунья, в чём?”

Глава IX.
Рождественское гадание

— Да уж, девчонки, в этот раз январь разошёлся не на шутку! Пришёл с крепкими морозами, как с крепкими кулаками! Сразу заявил о себе... Что тут скажешь? Решительный мужчина! — без умолку болтала Вера. Видимо, она всей душой верила, что за разговорами дорога проходит быстрей.

— Это ещё Крещения не было! — заметила Маруся и внезапно споткнулась. Но я не дала ей упасть.

— Ой, я ведь чуть не упала! Это к потрясающей новости! — тут же разглядела примету Маруся.

Мы шли втроём по хрустящему снегу, прижавшись друг к дружке. Поверх шапок мы завязали пуховые платки, поверх перчаток надели варежки. Но морозу, казалось, ни по чём были наши платки, варежки и пуховики с капюшонами. Мороз щипал щёки и вгрызался в пальцы сквозь плотный слой материи.

— И что же нам дома не сиделось в этот сочельник? — причитала Маруся. — Сейчас бы сидели в тепле на диване перед телевизором, угощались бы всякими лакомствами...

— Ничего! Успеешь ещё насидеться в тепле и вдоволь налакомиться! — одёрнула Вера Марусю. — Такой вечер упустить нельзя... Я ведь хочу узнать свою судьбу, суженого в зеркале увидеть...

— Ой, девчата, а если Агафья нас не примет... — запаниковала Маруся.

— Принять-то примет! — заверила я. — Но вот что выйдет из нашей затеи?! Знаете, я так волнуюсь...

— Да? На тебя это не похоже! — удивилась Вера.

— Верочка, а может, не зря у Катюши на душе тревога? Всё же гадать грешно, — промычала Маруся.

— Ну, знаешь! — вспыхнула Вера. — В приметы верить тоже грешно. А ты такая, что шагу без своего суеверия не ступишь.

— Ладно, девочки, оставим пререкания. Вот уже и домик Агафьи! Смотрите, в кухне горит свет! — воскликнула я.

Мы подошли к домику по прочищенной дорожке, обили с ботинок снег, поднялись по ступенькам… Я постучала в дверь.

Агафья всё с тем же невозмутимым видом открыла дверь. В который раз при виде внезапно нагрянувших гостей её лицо совершенно не выражало никаких эмоций… Сама снежная королева! Её синие глаза излучали блеск северного солнца. Её светлые волосы были заплетены в аккуратную косу. На ней был светло-серый кашемировый свитер, снежно-белая пушистая шаль, серая шерстяная юбка и вязаные носки.

— Здравствуй, Агафья! А мы к тебе по делу! — начала Вера прямо с порога осипшим голосом.
— Проходите. Вам сначала нужно отогреться! Потом уж все дела.

Агафья повесила сушить нашу верхнюю одежду и проводила нас на кухню. Там пахло свежей выпечкой. Хозяйка предложила нам сесть за стол. Подала нам свежеиспечённый пирог, украшенный запечёнными розами в сахарной пудре, словно в белом снегу. К пирогу Агафья заварила нам фруктовый чай из кусочков сушёных яблок, сушёных слив, цукат, цедры шиповника и лепестков гибискуса.

После чаепития мы прошли в гостиную. Там была наряжена красивая искусственная ёлка с винтажными игрушками, пряниками, бантами, небольшими шариками и огоньками. Повсюду были зажжены восковые свечи ручной работы. Книжные полочки и стеллажи с куклами были украшены ажурными снежинками и тонкой мишурой. Мы подарили Агафье коробку со сладостями и с бисером, затем приступили к разговору.

— Агафья, нам бы на суженого погадать… — начала было Маруся.
— Вера и Маруся, — обратилась к моим подругам Агафья, — в этом году вы окончите колледж и поступите на экономический факультет — на то самое отделение, куда хотите. У вас всё получится. Впереди у вас очень насыщенный период. Что касается

ваших суженых, то Маруся встретит его ровно через год. А Вера — ещё не скоро… После тридцати.

— А почему это так нескоро? — возмутилась Вера.

— Как это почему? Ты ведь у всех подружек должна на свадьбе дружкой отработать. Где ж нам всем ещё такую зажигалочку найти? — утешила я Веру.

— Ну если так, то ладно, — согласилась Вера.

— Агафья, а мы на картах гадать не будем? — спросила Маруся.

— Могли бы и на картах погадать. Но зачем? Я прекрасно знаю, что они скажут. Вот возьмём "Старинный русский пасьянс". Спросим про тебя, Маруся. Выпадет клубочек, храм, свиток бумаги, солнце и ближе к концу цветок.

Агафья разложила пасьянс. И мы чуть не ахнули, глядя на то, что выпало! Всё то же самое, что она сказала.

— Видишь, всё так и есть. Вскоре отправишься в казённый дом. Подашь документы. Твоё желание исполнится. А потом ты встретишь человека, который тебе по судьбе. Почти то же самое выпадет и на таро, и на картах Ленорман, и на рунах, и на воске…

— Знаешь, а мы ведь и правда собрались с Марусей после праздников в город ехать, чтобы разведать насчёт поступления! — воскликнула Вера.

— Да, так и есть, — подтвердила Маруся. —Агафья, а зачем тебе карты, если ты можешь и без них обходиться?

На лице Агафьи мелькнула едва заметная ироничная улыбка:

— Мне нравятся карты. Как художник я признаю, что каждая колода — отдельное произведение искусства. У меня много карт и наборов рун… Есть и такие руны, которые я сделала своими руками. Возможно, однажды создам и свою колоду метафорических карт. Всё же расклад может служить как рентгеновский снимок. Опытный врач и без снимка может поставить диагноз. Но всё же изображение помогает точно увидеть картину.

— А Катюше ты ничего не расскажешь? — спросила Маруся.

— А Катюша хочет поговорить со мной с глазу на глаз, —

ответила Агафья.

— Ах так! Подруга называется! У нас, значит, от неё секретов нет, а у неё от нас есть, — обиженно проворчала Вера.

— Ну, Верочка, неизвестно, как мы себя будем вести, когда встретим своих суженых… Да и всё же каждый вправе иметь свои тайны. Давай уважать границы другого человека.

— Ой, вот только не надо мне сейчас читать лекцию про личные границы, ладно? — огрызнулась Вера.

— Ну ладно, как скажешь, — уклонилась от спора Маруся.

— Вот что, девочки, — вмешалась Агафья. — Вас вроде заинтересовали мои карты. Вот вам целый ларец с картами. Можете на них погадать, можете просто посмотреть… Можете и с ёлочки пряники взять! Угощайтесь, развлекайтесь… А мы с Катей пока что пообщаемся.

Рыжая голова Веры и русая голова Маруси тут же склонились над картами. Да уж, удалось Агафье занять моих подруг картами, будто детей малых погремушками.

— Как бы так сказать… — начала я.

— Говори как есть, — спокойно сказала Агафья.

— В общем, Миша предложил мне выйти замуж. Я обещала подумать до конца второго курса. Если я дам согласие, то летом поженимся. Он в свободное время от учёбы проводит исторические экскурсии, ведёт тематический блог… Я могла бы отвечать за речевое оформление. Ну, тексты редактировать, рассказы составлять… И если захочу, тоже могу экскурсии проводить. Так что мы даже сможем позволить себе жить отдельно от родителей.

— Что ж, предложение молодой человек сделал, подготовив почву под ногами… Перспектива совместного будущего у вас есть. Или ты не уверена в своем выборе?

— Да знаешь, я уверена… Вот только не рано ли это? Мне ведь только девятнадцать. Что люди скажут?

— А, вот оно что! Ты и правда думаешь, что общественное мнение должно влиять на твою судьбу? С точки зрения законодательства, ты вполне себе взрослая. Дело здесь не в возрасте, а в готовности ко взрослой жизни. Знаешь, есть люди, которые значительно старше тебя, но ко взрослой жизни они всё ещё не готовы. Они — вечные дети, и их это на самом деле устраивает. И, пожалуй, пока они морально не повзрослеют, им и правда лучше не вступать в супружескую жизнь. Ну, чтобы дров не наломать… Хотя общественность может быть не против, а только за. Ты должна руководствоваться только тем, насколько ты готова ко взрослой жизни. Если ты уже готова к союзу с другим, к самостоятельности и ответственности, то почему нет? Тем более чувства ваши взаимны, так ведь?

— Да, так и есть, — сказала я и почувствовала, что засияла, словно зажжённая гирлянда. — Агафья, а вот интересно, если на том же старинном пасьянсе посмотреть, что выпадет? Кольцо?

— А мы вот что сделаем! Возьмём деревянный таз, нальём воду и зажжём свечу… Ты своей рукой будешь держать свечу над водой, воск будет капать и тогда увидишь, что выйдет, — сказала Агафья.

— Хорошо. А можно позвать девчонок?

— Можно, конечно…

Я держала над водой свечку, воск падал в воду, склеиваясь в причудливые формы… В итоге вышло два обручальных кольца.

— Ого! — аж подпрыгнула Вера. — Ну теперь ты нам точно расскажешь, о чём тут секретничала с Агафьей.

— Уговорила, — согласилась я, лукаво улыбаясь. — Но давайте, что ли, за чаем обо всём расскажу…

— Что ж, девочки, я пойду ставить чайник, — сказала гостеприимная ворожея.

— Агафья, а вот скажи, — начала Маруся с таинственным видом, — ты видела своего суженого в зеркале?

— Нет, — коротко ответила Агафья.

— Нет? А почему? Ты не гадала на суженого? — не унималась Маруся.

— Нет, не пришлось. Образ суженого не таится в серебряной пыли зеркал. Образ суженого на душе серебряными нитями вытиснен. Если душа твоя чиста, словно зеркало, то ни к чему тебе вглядываться во всякие искусственные зеркала. Загляни в свою душу — в ней и увидишь облик суженого.

— А что нужно делать, чтобы душа была чиста, как зеркало? — озадачилась Маруся.

— Начищать её до блеска! И пусть на зеркале души не будет разводов от сомнений, неуверенности, гордыни, навязчивых идей, чужих шаблонов, завышенной или заниженной самооценки… — поделилась своими мыслями Агафья, глядя на тонкие узоры, которыми мороз разукрасил ей окна…

— А что? Вышло отличное рождественское пожелание! Вот и чайник закипел! — радостно воскликнула я. — Ну, девочки, слушайте мои новости…

Глава X.
Сила слова

— Ну вот, куда это вся Добрянка лыжи навострила?! Ни одного свободного места! — возмущалась Вера, пританцовывая на заледенелой остановке.

— А я говорила, Верочка, что надо бы заранее билеты купить, — причитала назидательным тоном Маруся, пряча руки в муфту. — А ты ж от меня отмахнулась. Мол, и так успеем. Ты уверяла, что никто, кроме студентов, десятого числа в такую-то рань в город не подастся.

— Девчата, вам-то ещё что... — вступила я в диалог. — Вы в колледже досрочно сессию закрыли. В университет едете только на разведку. Ничего страшного не случится, если сейчас уехать не сможете. Подумаешь, поедете через пять с половиной часов, на 10:30. Ну приедете в обед! Какая разница! У вас же не экзамены, не занятия... Точное время вам не назначено. А вот у меня сегодня первый день сессии. Экзамен по старославянскому в 8:00. Представьте себе! Староста группы не явится на экзамен!

— Да, у тебя, конечно, всё куда жёстче, — согласилась Вера. — Но и мы в такую рань неспроста собрались. Мы хотели сегодня сразу в несколько вузов заглянуть. Ну, понимаешь, ради подушки безопасности... На тот случай, если вдруг в тот вуз, где ты учишься, не пройдём... То-то и решили все вузы обойти, где есть экономический факультет.

— Ой, девчата, смотрите! Вон Агафья идёт! — заметила Маруся.

На горизонте появился силуэт Агафьи. Она шла в коричневой шубе и в белом пуховом платке. С собой несла новую куклу-боярышню в зимнем наряде, украшенном мехом, жемчугами и вышивкой.

— Здравствуй, Агафья! Это ты с новой куклой на выставку собралась? — поинтересовалась я.

— Здравствуй, Катюша! Да, сегодня в этноцентре открывается

выставка кукол в народных костюмах.

— Представляешь, а в автобусе нет ни одного свободного места, — сообщила я.

— Ничего! Мы всё равно уедем и всюду успеем, — уверенно сказала Агафья.

— Агафья, слушай, — заговорщическим тоном прошептала Вера, — может, ты кого-нибудь того… Ну, в смысле загипнотизируешь. А то у Катюхи экзамен на носу, а у нас с Маруськой тоже дел непочатый край… А вон посмотри, сколько бабушек непонятно зачем едет в такую рань… Сидели бы дома, ножки грели… Не в том они возрасте, чтобы по морозу околачиваться! Может, ты это… ну совсем немножко окажешь влияние на их решение?

— У всех пассажиров, Вера, уважительная цель поездки. Не только у нас, — отрезала Агафья. — Говорю же — мы всё равно уедем!

И вдруг к Агафье подошла Татьяна Андреевна, пожилая женщина из Добрянки. Она немного моложе моей бабули.

— Агафьюшка, я смотрю, ты на выставку с куклой собралась? Открытие ведь уже в девять? — обратилась Татьяна Андреевна к Агафье.

— Да-да, в девять, — подтвердила Агафья.

— Знаешь что! Давай я тебе своё место уступлю. А сама дочке позвоню. Скажу, что смогу приехать только в обед. А она пусть соседку попросит с дитём посидеть. Негоже это, чтобы ты на выставку с таким-то шедевром не попала.

— Спасибо вам, конечно, Татьяна Андреевна. Но уверяю вас, я успею попасть на выставку. А вы поезжайте обязательно! И на холоде не стойте! Лучше в автобус зайдите.

— Ну как знаешь… А то бы я уступила, — повторила Татьяна Андреевна.

— Поверьте мне, это ни к чему, — с мягкой улыбкой ответила Агафья.

Татьяна Андреевна заковыляла к автобусу. А я вся прямо кипела от возмущения! Ну почему Татьяна Андреевна не предложила мне своё место?! Вот я бы не отказалась! У неё ведь не такая уж безвыходная ситуация. Можно ведь к соседке обратиться. Пусть это не очень удобно, но всё же выход есть. А вот вместо меня на экзамен никто не пойдёт!

Ровно в пять часов автобус тронулся. А мы вчетвером остались стоять на остановке, обросшей изморозью.

— И чего мы здесь стоим? — негодовала Вера. — Хоть бы кто проехал! Но, как назло, ни души! Темно так и холодно... Быррр!
— Верочка, а может, нам такси вызвать? — предложила Маруся.
— Так-так-так... — нараспев протянула Вера. — Кто это у нас такой богатый?! Вот представь! Такси из райцентра будет ехать до нас, как минимум, полчаса. Это только до нас! Потом ещё до города ехать полтора часа. Это в лучшем случае! Потом ещё по городу полчаса. И опять же, это при лучшем раскладе! Представь себе, какую цену заломят! Даже в складчину выйдет дорого! Не, мы, конечно, можем потратиться на такси... Но тогда нам не на что будет перекусить в городе! Либо же придётся нам обратно пешочком плестись до самой Добрянки...
— Верочка, но я могу сейчас домой сбегать! Возьму нам что-нибудь перекусить. А в кафе посидим как-нибудь в другой раз.
— Да-да! — усмехнулась Вера. — И как ты себе это представляешь?! Сейчас ты вернёшься домой. Как только твои тебя на пороге заметят, так сразу: "О, Маруся, ты не уехала?! Ну и не надо! Поедешь на 10:30. Раз уж тебе нечего делать, пойди-ка покорми курочек да индюшат, а ещё Марфушу подои. Ну и ещё каши навари, малых накорми..." Или рискнёшь им сказать, что ты буквально на минутку плюшек захватить, а в город поедешь на такси, как та принцесса?
— Да уж, ты права... Это не вариант! Но всё же как-то нехорошо вышло. Если в начале года стали планы рушиться, то и весь год так будет... — вздохнула Маруся.
— Девочки, сейчас же оставьте свои опасения! Я же сказала, что мы уедем и всюду успеем. Так и будет! — продолжала настаивать на своём Агафья.

И вдруг вдалеке показался свет фар. К остановке подъехала машина и остановилась прямо возле нас. Дядя Гена приоткрыл дверцу.

— Агафья, тебе в город?! Я могу подвести, — сказал дядя Гена. У него было добродушное округлое лицо с седеющей бородой. Прямо Дед Мороз!
— Спасибо, Ген. Буду весьма признательна! Только и девочек подвези. У Кати в 8:00 экзамен.
— Да не вопрос! И девчат подвезём! Ты вперёд садись. А они втроём сзади разместятся, — скомандовал дядя Гена бойким голосом.
— Ой, спасибо вам огромное! — поблагодарила я от души дядю Гену. — А то мы уж думали, что все наши планы накроются медным тазом.
— Да ну о чём вы, девчата?! Всё будет в шоколаде! Вот увидите! Домчимся за два часа! Ещё и самые первые в институт приедете. Мы этот ваш автобус догоним и перегоним! Да, и я ж могу вам номер свой оставить. Если кто обратно в Добрянку поедет или когда к бабушке в гости соберётся, могу подбросить. Я в городе часто по делам бываю. Если по времени совпадаем, то пожалуйста, попутчиков возьму.
— Вот что значит добрый волшебник! — сказала Маруся.
— И вот что значит сила слова! — добавила Вера.

Глава XI.
Тайна ворожеи

"До чего же прекрасен май! Всё цветёт, и я цвету… На мне шёлковое розовое платье и белый плащ. Ветер, разносящий запах цветов и трав, играет в моих волосах. А они у меня отросли уже ниже лопаток. Совсем скоро окажусь в Добрянке. Каково сейчас там — словами не передать! В мае Добрянка превращается в сплошной цветущий сад!" — размышляла я на остановке, к которой должен был подъехать дядя Гена. Его затея прижилась. Теперь он меня привозит в Добрянку и увозит обратно в город. А вот и машина дяди Гены! А вот и он, машет мне.

— Ну что, студентка, последняя холостая весна в твоей жизни?! Подали заявление?! Летом уже замуж?!

— А в Добрянке, я смотрю, во всю растрезвонили новость!

— Ну а как же?! Только об этом и говорят! Уверена в своём выборе? Не пожалеешь?

— Уверена, дядь Ген, уверена. Я и с Агафьей советовалась. После разговора с ней я приняла решение.

— Эх, Агафья-Агафья, — вздохнул дядя Гена. — Кто же знал, что ей по бабушкиным стопам пойти суждено и стать местной ведьмой? А вот уже полвека прожила и всё людям их судьбы выправлять помогает.

— В смысле полвека?

— А что тут удивительного? Пятьдесят ей в этом году исполнилось. Как и мне.

— Да вы шутите, что ли?

— Отчего ж шучу? Ровесники мы с ней. В одном классе учились.

— Да не может быть!

— Ну почему ж не может?! Неужто я так плохо выгляжу?

— Да нет, я не об этом… Я просто думала, что Агафье лет тридцать, ну от силы сорок… А ей все пятьдесят. Я, значит, с ней на ты, а она даже на несколько лет старше моей мамы. Или вы всё же пошутили, дядь Ген?

— Нет, Катюша, я совершенно серьёзно. Приедем в Добрянку — я тебе наш школьный альбом покажу.

Мы поехали прямиком к дяде Гене. Он предложил мне подождать его в саду. В дом не проводил, ссылаясь на холостяцкий беспорядок. А я и не пожалела! Его дом находился прямо на берегу реки, и я любовалась видом. По синей глади реки плавала пара белых лебедей. По берегам раскинулись цветущие яблони и вишни. Ну чем не невесты?

— Ну вот! Посмотри! — протянул мне дядя Гена альбом с цветными и чёрно-белыми фотографиями. — Узнаёшь?

На первой общей фотографии я сразу узнала Агафью. Она почти не изменилась. Вот только была она намного веселей, румяней, её лицо озаряло счастье. У неё были длинные золотистые косы ниже пояса и белые банты. Одета она была, как и все: в школьную форму с белым фартуком и манжетами.

— Дядь Ген, я смотрю, почти на всех фотографиях она рядом со светло-волосым молодым человеком? Кто он?
— Знаешь, у нас в Добрянке как-то не принято об этом рассказывать… Да и у тебя самой на носу свадьба. Не стоит тебе травить душу печальными историями.
— Ну что вы, дядь Ген? Мне можно…
— Ладно! Только с подружками об этом не вздумай судачить!
— Ну как вы могли обо мне такое подумать?! Я им ни слова!
— Ну что ж… Так и быть! Знаешь, Катюша, — начал рассказ дядя Гена, опершись рукой на правое колено, — ещё в раннем детстве я оказался среди тех счастливцев, которым довелось увидеть пару двух светловолосых и синеглазых ангелов. Это были Фёдор и Агафья. С детства они были не разлей вода: вместе бегали по холмам, вместе собирали ягоды, вместе пасли овечек, вместе гонялись за бабочками, вместе плескались в речке, вместе наблюдали за природой, вместе рисовали, вместе постоянно что-то мастерили… Потом мы вместе с ангелочками пошли в школу. Фёдор и Агафья, как ты, наверное, догадалась, вместе сидели за партой. Каждый божий день они вместе приходили в школу и

80

вместе уходили из школы. Федя постоянно носил её портфель. Не было ни дня, чтобы он позволил ей таскать ранец с тяжёлыми книгами. Зимой на катке он всё время кружился вокруг неё. С ледяной горки ни разу не дал ей скатиться без его поддержки. Мол, горка бугристая — можно упасть и ушибиться. А когда Фёдор в седьмом классе заболел воспалением лёгких, Ганюшка каждый день ходила к нему в больницу и ухаживала за ним, как заправская сиделка. Помню, как Яшка, шустрый малый, взял и уселся на место Феди. Мол, с Агафьей он теперь сидеть будет. Так Ганя собрала свои вещи и пересела за последнюю парту. Мол, ни с кем она, кроме Феди, за одной партой сидеть не будет. А она ведь многим нравилась. До чего ж она была красивая! Косы золотистые переливались, синие глаза лучились, на лице лёгкий румянец алел… А какая она была весёлая! Прямо излучала радость и счастье! Да и Федя был парнем славным. Сколько за ним расфуфыренных девиц в 80-х и 90-х бегало! А он их даже не замечал. И терпеть не мог, если кто к Агафье подкатывал. Вообще Федя был добрейшей души человеком. Но не дай Бог, чтобы кто-нибудь за Агафьей приударил! На всех праздниках они танцевали только вдвоём… А как они смотрели друг другу в глаза! Как трепетно друг к другу относились! Нет, за всю свою жизнь я больше ничего подобного не видел! Они оба были красивы, умны, талантливы, полны сил… Казалось, всё у них должно было сложиться хорошо! У них всё всегда получалось. В конкурсах занимали призовые места. Потом поступили в художественную академию. Потом вместе её окончили. А потом им предложили участвовать в международной выставке. Вот только одному из спонсоров Агафьюшка наша больно приглянулась. Антоном его звали. Стал преследовать её, как сумасшедший. Мол, всё для неё сделает, вот только пусть Федю оставит. Получил он от ворот поворот, а всё не унимался. Фёдор и Агафья после того, как закончили академию, решили летом пожениться. Так тот Антон чуть ли не до самой свадьбы Агафью преследовал. В Добрянку к нам приезжал. Разборки у них с Фёдором тут были. Агафья прогнала Антона и сказала, чтобы больше ноги его не было. Он исчез вроде. В августе у них должна была состояться свадьба. Моя сестра Люба пошла в день свадьбы наряжать Агафью. Какое у Ганюшки красивое платье было! Она сама его пошила. Я вместе с другими ребятами должен был в свите жениха за невестой прийти. Но в день свадьбы к Феде с утра пораньше пришёл Кирилл. Попросил, чтобы Федя его в райцентр на машине подбросил. Мол, позвонить ему срочно по межгороду надо. Тогда, в девяносто шестом, в другой город на почте звонили. Непутёвым был этот Кирилл! Ну а Федя всегда был отзывчивым! Согласился подвести. Мол, время ещё есть. Успеем! Поехал с Кириллом на почту в райцентр. А на обратном пути их бандиты подрезали и перекрыли им путь. Они за Кириллом следили. Тот им деньги задолжал. Они его на счётчик поставили. Федя им вроде как был не нужен. Они требовали, чтобы Кирилл вышел, а Федя ехал дальше своей дорогой. Но Федя не оставил знакомого в беде. Завязалась драка. Двое против четверых. Федю ударили виском об машину и он погиб. Так рассказали на суде бандиты. Кирилл это тоже подтвердил.

Тем временем мы пришли домой к Фёдору. Нужно ведь было идти выкупать невесту. Но Феди всё не было и не было. Мы стали волноваться. Куда он мог пропасть? А потом пришёл участковый…

В то же самое время никто не находил себе места и в доме Агафьи. Странно было, что жених опаздывает. Да ещё такой, как Федя! Сначала Агафью все уговаривали.

— Не может быть, чтобы Федя не пришёл. Он ведь так тебя любит, — твердили Агафье подруги. Там же и Люба, сестра моя, была.

Прошло десять минут, прошло полчаса, прошёл целый час… Но о Феде не было ни слуху, ни духу. Уже и соседского мальчика Дениса к Феде домой послали, чтоб он узнал, в чём дело… Но тот пришёл растерянный, сказал, что Федю все ищут, не могут найти… И вдруг Агафья начала так горько плакать, что никто уже не мог её утешить.

— Ну не надо так! Ну что ты! Ну перестань! — приговаривали подружки. А Ганюшка стоит в фате и свадебном наряде, да не может успокоиться. Вот уж никто не думал, что такое может случиться. Да ещё с кем?! С Агафьей, с которой жених пылинки сдувал!

Затем мы всей толпой пришли в дом Агафьи. Во главе с Саней-дружком. Надо ж было сообщить Агафье горькую весть, а никто не мог. Стоим, значит, и двух слов связать не можем. Тогда Саня собрался с духом и на одном дыхании, сжав кулаки, выпалил:
— Феди больше нет. Его убили.
Сказал и тут же разрыдался. Рыдали и все остальные. Агафья сделала несколько шагов вперёд и упала без чувств. Еле подхватить успели. С тех самых пор никто и никогда не видел её прежней — весёлой, смеющейся, беззаботной… За год после похорон она осунулась, истощала... Больно было видеть её такой! И вдруг дядя Гена замолчал…

— Скажите, а тот Антон, ну тот помешанный, что Агафью преследовал, он был как-то причастен к убийству? — спросила я.
— Да знаешь, суд ничего подобного так и не смог доказать. Тех четверых переловили. Они все, как один, говорили, что того Антона в глаза не видели. Может, и правда был непричастен. А может, и причастен. Кто его разберёт?! Он же изворотливый гад. До сих пор жив. Неплохо продвинулся. А вот Феди нашего больше нет! Спустя год тот хлыщ явился к Агафье, а та на порог его не пустила, видеть его не хотела. Тогда он настойчиво стал с ней встречи искать. Однажды попался он ей на глаза, и Агафья так его отчихвостила, что тот чуть сквозь землю не провалился. В каком она была гневе! Никто и никогда её такой больше не видел. Значит, он ей: “Агафья! Сколько можно горевать?! Погиб он! Погиб! Ну значит так надо было! А у тебя вся жизнь впереди! Я рядом буду.”

А она ему: “Рядом будешь, говоришь! Что, думаешь смерть Фёдора что-то изменила? Что, думаешь всё в этом мире должно быть по-твоему?! Так знай! Выгоды тебе из смерти Фёдора не извлечь! Он и только он будет со мной рядом. Никто и никогда не займёт его места! А теперь убирайся отсюда! И чтоб духа твоего здесь не было!”

Так-то, Катюша… Тот фраер аж опешил. Вприпрыжку бежал до своего джипа и мигом умчался. А Жанка, одна модница расфуфыренная, взяла и ляпнула с усмешкой, глядя на случившееся: "Вот дура! Такого мужика отмела!"

И что ты думаешь? Спустя пару дней эту Жанку зарезали.

— Дядь Ген, спасибо за оказанное доверие. Спасибо, что всё мне подробно рассказали. Но мне нужно бежать. Простите, правда нужно!

С этими словами я помчалась к Агафье. Без стука зашла к ней в дом. Агафья сидела за столом и раскладывала на пергамент свежую майскую крапиву.

— Агафья, скажи, как такое возможно? Ты ведь стольким помогла! Даже тем, у кого, казалось бы, никаких шансов не было на счастье! Откуда в тебе столько сил? Откуда в тебе столько душевной щедрости? Откуда? Откуда?!

Я всё восклицала, бросала вопрос за вопросом, но чувствовала, как щиплет в горле и как к глазам подступают слёзы, которые я больше не в силах сдерживать.

Агафья сняла перчатки, помыла под краном руки и вытерла их полотенцем. Указала мне на стул и сама присела рядом:

— Когда Федя погиб, от меня будто бы отрезали часть моей души. Часть меня. С венами и с кровью. Я потеряла самого дорогого человека. Того, с кем я была вместе столько, сколько себя помнила. Я сама считала себя мёртвой. Я ушла в себя, почти ни с кем не разговаривала. Я жила прошлым. Я жила тем, что писала портреты на надгробиях. Я жила с острой душевной болью, которая изо дня в день сводила меня с ума. Так длилось целый год. Потом ко мне пришла бабушка моя Пелагея и сказала: "Вот что, Агафья. Бросай-ка ты свои памятники. А то совсем себя в них замуровала! Скоро и себя, и всё вокруг разрушишь! Собирайся и переходи ко мне жить. Пойдёшь по моим стопам. От судьбы не уйти. У меня десять лет в запасе ещё есть. Успею тебя всему научить." Так я и ушла из родительского дома к бабушке. Я посвятила свою жизнь ворожбе и снова стала изготавливать кукол. Первая кукла, которую я сделала после смерти Феди, это та кукла-невеста, которая стоит возле терема.

А терем тот сделал Федя. Говорил, что однажды у нас такой будет. Знаешь, а может, есть у нас этот терем где-то на просторах иных миров. И однажды мы встретимся в том тереме. И так каждый раз будем туда возвращаться. Обретя друг друга, мы обрели вечный дом. Ты спрашиваешь, откуда во мне силы… И правда, почему во мне силы жить, лечить, поддерживать других, помогать людям найти себя и свой путь… Потому что я счастлива! Да, Катя, я счастлива! Но я далеко не всегда осознавала, каким огромным счастьем наградила меня жизнь. Я жила и не знала страданий. Я была окружена любовью и вниманием. Мне повезло встретить своего человека в раннем детстве. Мы любили друг друга самой светлой любовью. Мы относились друг к другу как к самой великой ценности. Нас интересовали одни и те же вещи. Мы вместе шли к общей цели. Я никогда не знала, что такое одиночество. Я понятия не имела, что такое неразделённая любовь, предательство, безразличие, обесценивание, унижение, потребительское или жестокое обращение... То, что сейчас называют абьюзом. Во всяком случае, в этом воплощении весь этот ужас ко мне даже не приблизился. С самого детства у меня было дело, которое я любила всем сердцем. А присутствие милого друга-единомышленника заставляло меня любить свой путь ещё больше. Я верно шла к своей цели, и у меня всё получалось. Я никогда не жаловалась на здоровье. Я была полна сил. Энергии было через край. Идеи лились сплошным потоком. С утра до ночи я рисовала, шила, вязала, вышивала, плела, лепила, вырезала, шлифовала, расписывала, ваяла кукол, читала тоннами, писала тексты, участвовала в конкурсах и выставках… Но и это был далеко не предел! Казалось, мне было по силам создать целую планету с льющимися реками, шумящими морями, диким зверьём и буйствующей растительностью. Даже в тот страшный год, когда боль буквально грызла меня изнутри, я прямо ощущала, как по моим венам бежит живая кровь, как мои лёгкие жадно глотают воздух, как я вся до корней волос и кончиков пальцев полна жажды жизни. А что мне пришлось увидеть и услышать за год, что я провела у бабушки в качестве ученицы?! К ней приходили люди с оплёванными душами и растоптанным духом. И среди них встречались довольно красивые и неглупые. Но кто-то открыл своё сердце не тому человеку, кто-то мучительно искал себя и свой путь, кто-то устал от жизни, несмотря на молодость, у кого-то в лице не было ни кровинки, кто-то приходил со страшным диагнозом… Как же часто я слышала такие слова, как "вы — моя последняя надежда"! Да, к нам нередко шли те, кто почти утратил всякую надежду… И если над человеком ещё не склонилась смерть, если человек падал в руки смерти только потому, что не мог держаться за жизнь, мы с Божьей помощью вытягивали этих людей. Я смотрела на тех, у кого потухли глаза, кому изранили сердце любимые люди, кто страдал от немощи, от беспросветной серости, которая засасывала, как болото… Я смотрела на это всё и говорила себе: "Нет, так быть не должно! У каждого человека есть своя золотая ниточка, которую нужно непременно обрести!" Знаешь, Катя, бывало по-разному… Кто-то уже держал свою золотую ниточку в руках. Нужно было лишь сказать: "Смелей, вот же она, следуй за своим золотым клубочком!" У кого-то золотая ниточка затерялась и запуталась в закашлаченных клубках. Ну а кому-то нужно было помочь спрясти свою золотую ниточку… Не передать словами, насколько сильно ощущаешь присутствие Бога, когда видишь, что человек обретает свою золотую нить и идёт по своему золотому пути, по лучшему из возможных. Ты видишь, как человек выходит из затянувшей его серости, как жизнь его наполняется красками и понимаешь: "Вот оно счастье!" Счастье — это Знать! Знать, кто ты есть, знать, кто твой человек, знать, что у тебя за путь, знать, откуда брать силы. В этом счастье! А то, что мы с Федей оказались в разных мирах, так это временно. Придёт время и мне отдадут ключи от дверей, за которыми меня ждёт мой Федя. И я снова пойду с ним по нашему общему золотому пути. А ты, Катюша, иди по своему золотому пути и береги свою золотую ниточку.

Вот я и иду по своему золотому пути да берегу свою золотую ниточку. Могла ли я знать около года назад, что в погоне за тайной загадочной ворожеи обрету свою золотую ниточку?! Главная тайна загадочной ворожеи не в трагедии, которую ей пришлось пережить, а в том, что она помогает обрести золотые ниточки — найти свой золотой путь, лучший из возможных.

Финал

Вечная соната

1.

Ранним сентябрьским утром я вышла прогуляться по нашей усадьбе в Гатчинском уезде. Кутаясь в длинную пелерину, я наблюдала осенний рассвет. Горько же плачет природа ночами по ушедшему лету, если каждое утро приветствует зарёй воспалённого цвета!

Сегодня мне должны нанести утренний визит сёстры Бельские. Я была в отъезде целых четыре месяца и им не терпится меня увидеть. Наверняка они будут расспрашивать меня про то, как сейчас в Европе, что нынче в моде, попросят показать покупки… Что ж, в моём распоряжении несколько часов, чтобы собраться с духом к приходу Таты и Лизы.

Гуляя по желтеющим аллеям, я настолько погрузилась в свои мысли, что не заметила, как пронеслось время. Пора возвращаться домой. Мои гостьи должны приехать с минуты на минуту.

Как только я дошла до скамейки возле дома, раздался шум экипажа. Сёстры Бельские прибыли ровно в десять часов утра. Выйдя из экипажа, они бросились мне навстречу.

– Ах, ma ch;re, наконец-то ты вернулась! – воскликнула Лиза.
– Боже мой, до чего же ты изменилась! – удивилась Тата.

Обменявшись душевными приветствиями, мы пошли в дом. Я уединилась с подругами в будуаре и велела Глаше принести нам чаю. Мы расположились в креслах вокруг маленького столика возле камина, в котором потрескивали дрова.

– Аликс, милая, нам не терпится послушать твои истории, – начала беседу Лиза.
– Знаете, особенно красиво в Австро-Венгрии. Моя тётушка,

графиня фон Шварценберг, была к нам очень добра. Мы посетили много старинных замков, путешествовали в горах, ходили на званые вечера… Пожалуй, о нашей поездке можно написать целый многотомник.

– Однако, ma ch;re, ты сегодня решительно немногословна, – заметила с подозрением Тата.

– Помилуй, сестрица! Аликс у нас невеста. Наверняка её полностью занимают мысли о предстоящей свадьбе, – вступилась за меня Лиза. – Но всё же, ma ch;re, расскажи нам, вы купили что-нибудь к свадьбе?

– Да, мы привезли венское кружево, бисер, муаровый шёлк… На днях должна прийти модистка.

– Но мне кажется, в твоём голосе совсем не звучит радость, – поделилась очередным наблюдением Тата. – Ты ведь рада, что выходишь замуж за графа Закревского или что-то изменилось?

– Разумеется, о таком женихе, как граф Закревский, мечтает каждая девица. Он молод, красив, образован, галантен… К тому же Алексей Николаевич из знатной и весьма состоятельной семьи. Вдобавок он служит при дворе. Безусловно, блестящая партия! Но я, душечки, уже не та, – выронила я неожиданное признание.

– Что же изменилось? – спросила Тата.

– Боюсь, кое-что и правда изменилось окончательно и бесповоротно. Сначала я думала, что это наваждение, и всё вскоре пройдёт. Но как же я ошибалась!

– Так что же случилось, Аликс? – не унималась Тата.

– Всё началось с прогулки среди лилий в саду, что вокруг венской виллы моей тётушки. Гуляя среди нежных белых цветов, я внезапно услышала самую дивную мелодию из тех, что мне доводилось слышать. Из соседнего дома доносилась чарующая фортепианная соната. Немного позже мне удалось выяснить, что её исполнял австрийский музыкант Август Майер, сосед моей тётушки. Но мне поведали и о том, что маэстро не даёт концертов и совсем не принимает гостей, потому встреча с ним не представлялась возможной. Однако каждый раз, когда я гуляла в саду и слышала исполняемый им мотив, я чувствовала, что сердце моё наполняется неведомой мне ранее тоской и стучит прямо в такт этой музыке. Пожалуй, та неделя в венской вилле перед отъездом, когда я могла слушать божественную музыку Майера, стала лучшим временем в моей жизни. Мне кажется, что именно тогда я воистину жила и дышала – не механически, а по-настоящему, то есть свободно и глубоко. Когда же мы с матушкой сидели в вагоне и ждали отправления поезда из Вены, я увидела на перроне одного господина. Одет он был весьма неброско: в серый сюртук, серые брюки и шляпу того же ненастного цвета. Совершенно обычный силуэт! Но вдруг наши глаза встретились, и я снова ощутила прилив небывалой тоски. И знаете, вновь заиграла та самая мелодия. Только внутри меня. Наша встреча сквозь окно вагона длилась всего несколько минут. Я не отрывала взгляд от его завораживающих зелёных глаз. Запомнилась мне и его каштановая бородка на бледном, худощавом лице. Я могла бы рассматривать его точёные черты лица целую вечность. Но вдруг раздался протяжный и хриплый гудок, загрохотали колёса, и поезд утянул меня от этого человека.

– Вот так история! Но до свадьбы ведь ещё целый год. Может, ещё всё пройдёт, – решила утешить меня Тата.
– Ах, вряд ли, – вздохнула Лиза, – если это та самая настоящая любовь, то это уже навсегда.

2.

Вот и прошли ещё два унылых осенних месяца. Время от времени я встречалась с сёстрами Бельскими, которые свято хранили мою тайну и поддерживали меня как только могли. Я решила, что попробую вернуться к себе прежней. Вскоре и жених мой должен нанести мне рождественский визит. Но его опередила посылка, которая пришла ко Дню Николая Чудотворца.

– Барыня, вам посылка пришла. Велено передать лично в руки, – протянула мне свёрток Глаша.
– Спасибо, ступай, голубушка, – распорядилась я и принялась открывать посылку.

Внутри свёртка оказалась бархатная коробочка пурпурного цвета. Я открыла её и достала из неё миниатюрный рояль. Но это была не просто игрушка, а шкатулка. Я приподняла крышечку рояля, и, боже мой, раздалась та самая соната, которая неустанно звучит внутри меня с той самой прогулки среди лилий.

На дне коробки я нашла записку. Вот что в ней было написано:

Ваша светлость,

на мою долю выпало немало испытаний. Но я не могу выразить словами, как сильно я благодарен судьбе за то, что мне выпало счастье увидеть вас жарким августовским днём в саду среди лилий. Как только я издали увидел вас, задумчивую, нежную, златовласую, я сразу же вас узнал, и в моей душе родилась музыка. В тот же миг я сел за рояль и исполнил эту мелодию.

К сожалению, я не мог позволить себе искать встречи с вами. Мои дни сочтены. Но через надёжных людей я узнал о том, кем вы приходитесь графине, откуда прибыли и когда уезжаете.

Я смотрел в ваши глаза всего несколько минут. Но я знаю, что нас связывает целая вечность. Пусть же мелодия, рождённая в моей душе благодаря вам, называется "Вечная соната". Я знаю, что она будет звучать в наших сердцах из века в век. Где бы мы ни были, мы всегда найдём друг друга по мелодии, которую можем слышать внутренним слухом только мы с вами.

Специально для вас я заказал у венского мастера шкатулку. Второй такой – с таким же мотивом – нет в целом мире. Пусть она станет вашим талисманом.

Будьте благословенны,
навеки ваш Август

Я поспешно свернула записку, чтобы не пролить на неё внезапно навернувшиеся слёзы. Ах, Боже всевышний, почему же его дни сочтены? Почему мне отказано в счастье видеть его глаза, держать его за руку, слышать его голос? Но что у меня в руках? Подарок от него. От Него! По крайней мере, мне дозволено держать в руках ту вещь, к которой прикасались его руки. Мои глаза могут скользить по буквам, написанным его рукой. Это же чудо!

Не теряя времени даром, я села за письменный стол, чтобы написать письмо Августу.

"Милостивый сударь,

прежде всего мне следует поблагодарить вас за ваш бесценный подарок. Теперь в моих руках имеется от вас весточка, о которой я и мечтать не смела. Мне не верится, что теперь я могу слушать самую волшебную мелодию не только внутри себя. Не сомневайтесь в том, что я намерена хранить ваш подарок как самую большую ценность. В этом крошечном рояле звучит "Вечная соната", в нём таится целый храм для моей души."

Но почему же ваши дни сочтены? Могу ли я чем-нибудь вам помочь? Я готова сделать всё от меня зависящее, лишь бы вы не покинули этот свет.

Всей душою жду вашего ответа,
навеки ваша Александра

3.

Прошло уже больше месяца с тех пор, как я отправила письмо Августу. Изо дня в день я жила надеждой получить от него ответ. К моему счастью, граф Закревский так и не смог нанести мне визит. Он настолько загружен в столице делами государственной важности, что ему недосуг приехать в нашу усадьбу.

Тем временем мои чувства к Августу разгорались всё сильнее. Казалось, пламя моей любви может дотянуться до самой Вены. Каждый вечер перед сном я открывала шкатулку и с замиранием сердца слушала "Вечную сонату".

Сегодня я снова приподняла крышечку рояля и растворилась в звуках связавшей нас мелодии. Затем я осторожно закрыла шкатулку. Но музыка не прекращалась. В этот раз она звучала не только во мне, но и снаружи. Я пошла туда, откуда доносились эти прекраснейшие звуки. Вышла из своей спальни, пошла вдоль по коридору, открыла высокую арочную дверь и чуть не лишилась чувств. В комнате за огромным белым роялем сидел Август и играл "Вечную сонату". Когда мой маэстро доиграл композицию, он встал и почтительно поклонился. Затем наши глаза снова встретились, как тогда на перроне. Вот только теперь нас не разделяло стекло. Август был совсем близко. Он подошёл ко мне, взял меня за руку, подвёл к роялю и предложил мне сыграть "Вечную сонату"

– Я бы с удовольствием, милый Август, но у меня совершенно нет слуха, – призналась я.

– Слух у тебя есть! Поверь мне… Садись за рояль и играй! – настаивал Август.

– Но передо мной нет даже нот, – возразила я.

– Ноты тебе ни к чему. Эту мелодию ты сможешь исполнить без всяких нот.

Я села за рояль, положила пальцы на клавиши, и внезапно из-под моих рук полилась "Вечная соната". Мне никогда не давались даже самые простые пассажи, а теперь я исполняю "Вечную сонату".

– У тебя дар, мой ангел! Я завещал тебе свой дар. Береги его и пусть твои руки исполняют самые прекрасные мотивы, рождённые из любви и грусти. А мне пора.

С этими словами Август поцеловал меня в лоб, развернулся и ушёл, захлопнув за собой высокую арочную дверь. Я оглядела комнату с белыми стенами, украшенными лепниной из цветов и ангелов.

– Август, постой! – крикнула я. Но вдруг я снова очутилась на своей кровати в спальне. Сон прошёл. За окном в безоблачном небе сияло солнце, в лучах которого таяли снега, превращаясь в звенящие ручьи.

Приведя себя в порядок, я спустилась в гостиную, села за рояль и сыграла "Вечную сонату". Maman и papa поверить не могли в то, что их Александра играет на рояле, легко перебирая клавиши. Да ещё и без всяких нот!

4.

С тех самых пор я каждый божий день музицировала. Моя жизнь обрела смысл. А ещё закралась надежда, что вскоре Август пойдёт на поправку, о чём он сообщит мне в своём письме. И действительно, не прошёл и месяц, как я получила от него письмо. Под бешеный стук сердца я развернула конверт и прочитала послание от своего любимого:

Мой ангел,

если ты читаешь это послание, то знай, что меня больше нет на этом свете. Это письмо отправил тебе мой надёжный друг.

Мой век оказался недолгим, но я покидаю этот мир счастливым, потому что я нашёл тебя, услышал нашу "Вечную сонату" и смог её исполнить.

Большую часть жизни я служил дирижёром, пробовал сочинять собственные композиции, но в них всегда чего-то не хватало. С твоим появлением в моей жизни я обрёл источник, из которого сплошным потоком полились самые красивые мелодии. Теперь я этот источник завещаю тебе.

Ты писала о том, что готова сделать всё от тебя зависящее, лишь бы я остался на этом свете. Тогда исполни мою просьбу – обучись как следует нотной грамоте и посвяти музыке свою жизнь. Я завещал тебе свои ноты, можешь играть по ним мои новые произведения, можешь написать вариации на мои старые композиции. Когда ты приедешь в Вену, мой надёжный друг тебе всё передаст.

Милая Александра, помни о том, что ты навеки в моей душе. Яви миру Вечную сонату и другие композиции. Пройди наш музыкальный путь до конца и возвращайся. Я буду ждать тебя на небесах,

навеки твой Август

Значит, тот страшный сон оказался пророческим... Но я не дам печали себя сломить! Я сделаю всё, чтобы исполнить волю своего возлюбленного.

5.

У меня состоялся серьёзный разговор с родителями. Я объявила им о своём намерении разорвать помолвку с графом Закревским, отправиться в Вену и посвятить свою жизнь музыке.

К моему удивлению, родители не стали меня переубеждать. Папа был однозначно на моей стороне. На его взгляд, наступили уже те времена, когда для женщины гораздо важнее обрести свой путь, чем выйти удачно замуж. Мама после некоторых сомнений тоже поддержала моё решение. Однако родители сказали, чтобы я взяла на себя труд объясниться с графом Закревским.

…

Граф молча выслушал меня и даже не повёл бровью. Лишь бросил реплику в конце моего монолога:

– Раз уж вы, княжна Друцкая, изволили принять решение, не смею вас переубеждать. Хотя откровенно говоря, ваш выбор представляется мне полным сумасбродством. Но что я могу поделать?! Поступайте так, как вам угодно. Однако отдаёте ли вы себе отчёт в том, что обратного пути не будет?

– Разумеется, граф, – ответила я устало.

– Что ж, позвольте откланяться, – отчеканил граф и ушёл, щёлкнув каблуками и звякнув шпорами.

…

Летом 1911 года я уехала в Вену и ушла с головой в мир музыки. На протяжении долгих лет я писала и исполняла композиции, выступала с концертами… В перерывах между работой я ходила на могилу к Августу и приносила ему лилии. Я жила ради финального выступления в белоснежном зале с ангелами, где однажды я виделась с Августом и где я непременно вновь его встречу.